미래 탈무드

서근석 지음

도서출판

프롤로그

내 인생의 가장 소중한 탈무드 세 가지는

*지금 이 순간 *지금 내가 하고 있는 일 *내가 만나고 있는 사람이다.

탈무드^{Talmud}는 '위대한 연구' 또는 '지혜'라는 뜻이다. 만년의 연구와 지혜인 것으로 이 세상 최고의 생활지혜라 할 수 있다.

유태인은 탈무드를 '바다'라고 표현한다. 바다는 거대하고 깊고 또한 온갖 것들이 다 들어 있으면서 그 밑에 무엇이 있는 알 수 없을 만큼 끝이 없기 때문이다.

여기에 탈무드를 중심으로 과거와 현재, 그리고 미래의 지혜들을 모아 보았다.

특히 미래를 공부하는 학자로 과거 중심의 진부한 글이 아니고

다가오는 **미래를 위해 보다 열린 마음**으로 썼음을 강조한다.

그리고 마치고 나니 부끄럽다.

문득 시성 타골의 시 한 구절이 떠오른다.

'내 생애에 주워 모은 모든 이삭들을 나는 님 앞에 내놓겠어요.'

서 근 석 / G.S.SUH

고난의 책 탈무드

탈무드는 기독교인들에 의해서 수차례 불태워졌다. 기원전 로마를 비롯하여 총 일곱 차례나 불타는 수난을 겪어 왔다. 한 마디로 고난의 성전이다. 그래서 현재 전해지는 탈무드는 원형 그대로가 아니라 구전 및 남아 있는 자료들을 모아서 구성했기에 문맥이 연결되지 않는 부분이 많다. 마치 중국의 논어와 같이 후세에 사람들이 서로 의론하고 찾고 조사해서 쓴 것이라 할 수 있다.

유태인들에게 공부는 삶의 한 부분이며 최대 목적이기도 하다. 그러기에 인구 단위로 볼 때 압도적으로 가장 많은 노벨상을 받은 나라이다. 그들의 대표적인 공부는 탈무드로 이를 읽지 않고서는 살아갈 수 없으며, 탈무드를 하느님의 뜻을 실행하는 것으로 인식하고 있다. 오늘날에도 그들은 아침에 일하러 가기 전에 탈무드를 공부하고 시간 나는 대로 버스나 전철 그리고 택시 안에서도 공부하고, 자기 전에도 기도와 함께 탈무드를 공부하고 나서 자곤 한다.

유태인들은 전해지는 20권의 탈무드 중에서 단 한 권만 읽어 보았어도 그들은 친척, 친구들을 초대해서 축하 파티를 한다. 유태인들은 가톨릭의 교황처럼 최고의 지도자는 없지만 '탈무드'가 그 자리를 대신하고 있는 것이다. 탈무드가 유태인의 왕인 것이다. 그리고 탈무드는 그들의 가장 가까운 친구이기도 하다. 친구는 영어로 'FRIEND'이며 FRIEND 의미는 다음과 같다.

Free 자유롭고
Remember 기억에 남으며
Idea 늘 생각이 나고
Enjoy 같이 있으면 즐거우며
Need 필요할 때 옆에 있어 주고
Depend 어려울 땐 의지할 수 있는 소중한 존재이기에 탈무드와 같다는 말이다.

친구와 같고, 유태인의 수많은 지혜들을 앞에 놓고 읽는다면 대단한 지식과 경험 그리고 지혜를 얻을 것이다. 탈무드는 그 이상의 충분한 가치를 지닌 성전으로 이루어져 있다.

여기에 현재와 미래이야기를 더하여 쉽고 재미있게 써 보았다.

Contents >>

제3장_미래의 행복

Contents >>

제4장_미래 사랑의 팡세

제5장_미래 탈무드

차 례 _ Contents

제6장_깨어 있어야 아침을 본다

Contents >>

제9장_미래는 감동 시대

미 래 탈 무 드

<u>제1장</u>

2027년의 하루

2027년의 하루

미래는 잘 알 수 없지만, 늘 대비하고 살아야 한다.

－탈무드－

2027년 1월 2일 새해의 시작이다. 대한민국 서울은 천지개벽을 할 정도로 많이 변했다. 엘빈 토플러의 말처럼 미래쇼크 충격이라 하는 편이 적절하다.

국제결혼으로 낳은 딸 빛나가 기지개를 편다. 일어나자마자 미래 옷인 사이버 나우를 입는다. 사이버 나우에 ON을 클릭하니 오늘 일정을 말해 준다. "오, 빛나 안녕! 잘 잤어. 아침 식사는 30분 운동 후 해요. 운동 전에는 꼭 물을 반 컵 정도 드는 것 잊지 말고. 그 다음 일정은 식사 후 말할게." 마치 친구처럼 다정하게 말해 준다.

"오늘 운동은 어디서 하고 싶어." "응, 뉴욕의 센트럴 파크에서 하고 싶은데." 말하기가 무섭게 센트럴 파크가 펼쳐진다. 빛나는 신나게 뉴욕의 공원에서 조깅을 즐긴다. 3차원의 세계이다. 빛나가 신이 나서 속도를 높이자 "오, 빛나! 속도를 줄여. 심장에 무리가 간다고."

빛나의 아침 식사 역시 지금과 많이 다르다. 빛나가 햄을 집어 들자

"안 돼. 단백질 섭취량이 초과됐어. 야채나 과일을 먹어."

"알았어. 잔소리 그만해! 잔소리 많은 사람이 제일 인기 없는 거 알아."

아침 10시 방학 중이라 게으름을 피워서 좀 늦게 시내 서점에 간다. 빛나는 운전사 없이 인공지능 자동차를 타고 세계적으로 유행하는 K-팝을 들으며 서점에 도착했다. 서점은 3차원 사이버 세계로 서점 안내원을 자기 마음대로 고른다. 유명한 K-팝 스타를 선택하니 요즘 한창 뜨고 있는 앤드가 나온다. 그는 화를 내도 잘 참는 최고의 판매원이다. 앤드와 즐겁게 데이트 겸하여 쇼핑을 하는 것이다. 3차원의 쇼핑이다. 하하하 생각만 해도 미래는 즐겁지 않나?

미래의 하버드대학교

사람은 평생 동안 하루 중 시간을 내어 반드시 공부를 해야 한다.
-탈무드-

　미래의 대학은 사이버대학이 일반화되면서 대부분의 대학들은 사라지게 되지만 21세기 초의 명문대학들은 아직도 그 명맥을 유지하고 있을 것이다. 세계 최고 명문인 하버드도 여전히 건재하여 많은 인재들을 길러내고 있다.

　단지 교육 방법만은 옛날의 모습을 찾아보기 어렵고, 마치 고대 아테네 시대를 연상케 하며 동시에 최첨단 교육기재들로 이루어질 것이다. 교수들은 정년이 없으며 100세 이상 된 교수들도 많으며, 수업 내용도 창의력, 통찰력, 갈등해결법 등의 지혜를 배운다. 이 모두는 토론식 수업으로 이루어진다.

　'창의력이란?' '개인정보 유출문제' '정의란 무엇인가' '테러 위협을 없애기 위한 방법' '갈등 해결법' '체력 증진방법' 등을 활발하게 토론 발표를 하여 합의를 도출하고 각자의 평가를 한다. 이런 교육을 받은 인재들이 사회에 나가 보통 인간이나 로봇이 할 수 없는 전문직을 맡아 사회의 제반 문제를 해결하고 보다 효과적인 정책을 만들어 미래사회에 대비하게 될 것이다.

미래에 일어날 놀라운 세 가지

인간은 행복하지 않다. 그러나 미래의 행복을 기대하는 존재이다.
−탈무드−

미래는 예측 가능하다.

15년 후에 아주 혁신적인 세 가지 일이 일어날 것이다.

*수명이 획기적으로 길어진다. 아주 작은 로봇이 우리의 몸속을 다니면서 병을 진단하고 암 덩어리를 파괴하고 그 로봇은 몸속에서 녹아 자연스럽게 몸 밖으로 배출된다. 그때의 수명은 125세 전후가 된다. 6-70세가 청춘이다. 문제도 생긴다. 한 여자와 또는 남자와 90년 이상을 살아야 한다. 매우 지루할 것이다. 자연스럽게 서양은 3-4번, 보수적인 동양조차도 최하 두 번 이상 결혼을 할 것이다. 125세까지 살려면 준비를 많이 해야 할 것이다.

*사이버 나우, 또는 사이버드레스가 나온다. 옷 한 벌로 사계를 입는데 색깔 보온 등을 자유자재로 조정한다. 모든 정보를 사이버 나우에서 시간과 장소에 구애가 없이 얻을 수 있다. 우리말로 말하면 영어로 번역이 되어 나오는 놀라운 기

능도 있다. 그때가 되면 세계 언어가 통일되어 영어 때문에 고생을 안 해도 될 것이다.

*똑똑한 지능로봇이 대거 등장하여 인간을 돕는다. 집안의 청소, 요리, 심부름 등 궂은일은 모두 로봇이 하고 심지어 전쟁도 로봇이 할 것이다. 우리의 휴전선도 지능로봇이 지키게 될 것이다. 요즘 공상 영화, 또는 괴물 같은 것이 등장할 수 있어 인간과의 새로운 전쟁도 예상할 수 있을 것이다. 로봇이 명동에서 인간과 나란히 걸을 날이 곧 올 것이다. 홍대 앞에 멋진 로봇여성이 나타나면 어떨까? 상상만 해도 가슴이 뛴다.

수많은 지능로봇들이 인간에게 인권을 주장하고 투표권을 주장하면 어떻게 될까?

미래는 우리가 전혀 다른 모습으로 우리 앞에 오고 있다. 미래학자 엘빈 토플러는 이런 현상을 미래쇼크라고 하였다. 미래는 상식적으로 다가오는 것이 아니라 충격적으로 오고 있다는 말이다. 한국이 미래의 주역이 되기 위하여 미래에 대한 공부와 연구에 심혈을 기울여야 할 것이다.

싱글로 행복하게 사는 법

남편이 마음대로 하는 것이 아니다

―탈무드―

섹스는 히브리어로 '야다Ysda'로 '상대를 안다.'는 뜻이다.

미래 세계는 싱글로 살아가는 사람들이 엄청나게 많이 늘어날 것이다. 현재 우리나라도 싱글의 숫자가 늘어나고 있으며, 가정에서도 시집을 안 간 과년한 딸들이 넘쳐나고 있다. 2호선 전철 경로석에서 어르신 두 분이 하시는 말이 그걸 잘 대변해주고 있다. '아, 40 넘은 딸아이 때문에 골치가 아파 죽겠다. 영 결혼할 생각을 안 한다.' '그래, 요즘 방 빼라는 말이 유행이잖아.' '방 빼가 뭐야.' '아, 골치 딸들 빨리 시집가라는 거야.'

옆에서 들으니 두 할아버지들이 계속 딸들을 흉보고(씹고) 있는 것이었다. 그때 한 분이 '어, 정류장을 두 개나 지나친 것 같다.' '그러게.' 하면서 급히 내리시는 것이었다. 자기 딸들을 흉보다가 정류장을 둘이나 지나친 것이었다.

또한 미래는 수명이 획기적으로 늘어나면서 핵가족 등으로 노 장 청에서 고루 싱글도 많이 증가할 것이다. 이런 많은 싱글들이 어떻게 하면 행복하게 살 수 있을까?

미래를 공부하며 나는 때때로 싱글이 되었을 때를 상상하며 미래세계로 나를 이끌어 본다. 누구나 언젠가는 싱글이 된다. 아마 싱글이 된다면 삭막, 불안, 고독 등이 넘칠 것이다. 겁도 날 것 같다.

　우선 똑똑한 처녀로봇, 총각로봇을 사면 좋을 것이다. 21c는 로봇의 시대인데, 이상하게 생긴 로봇이 아니고 사람을 닮은 로봇을 휴머노이드라고 한다. 이 휴머노이드들이 점점 똑똑해져서 지능조차 인간과 비슷해져 예쁘고, 멋지고, 대화 상대로 무척 좋고, 부부처럼 싸울 일도 없어 좋을 것이다. 거기다가 순백의 하얀 강아지 한 마리를 반려 식구로 삼는다면 새로운 배우자를 찾아 여기저기 기웃거릴 필요가 없을 것이다. 싸울 필요도 없고.

　순백처럼 하얀 강아지가 연속 꼬리를 치면서 기쁨을 주고, 옆에 있는 예쁜 처녀로봇이 아이돌 음악으로 또는 BTS의 노래와 춤으로 행복을 준다면 그게 유토피아가 아닐까.

성공한 사람들의 공통점 8가지

＊반항적인 아이가 성공한다.

＊부모가 기대하는 만큼 성공한다(피그말리온 효과)

＊유연하고 긍정적인 사람이 유능하고, 돈도 잘 번다.

＊병역은 리더십을 키운다.

＊일찍 출근하는 사람이 유능하다.

＊매력적인 외모는 성공에 도움이 된다.

＊정장은 자신감의 표현으로 성공의 도움이 된다.

＊목소리가 낮은 사람이 성공한다.

−미국 비즈니스인사이더−

영화 '아바타'가 주는 세 가지 의미

미래는 누구의 것이 아니다. 미래는 신의 영역이다.

-탈무드-

아바타는 분신(分身)·화신(化身)을 뜻하는 말로, 사이버공간에서 사용자의 역할을 대신하는 애니메이션 캐릭터이다. 원래 아바타는 '아바따라(avataara)'에서 유래한 말이다. 고대 인도에선 땅으로 내려온 신의 화신을 지칭하는 말이었으나, 인터넷 시대가 열리면서 3차원이나 가상현실게임 또는 웹에서의 자기 자신을 나타내는 그래픽 아이콘을 가리킨다. 아바타는 그래픽 위주의 가상사회에서 자신을 대표하는 가상육체라고 할 수 있다. 몇 년 전 허리우드 영화 '아바타'가 흥행에 크게 성공하면서 아바타를 둘러싼 논쟁이 벌어진 적이 있다. 이를 지켜보면서 세 가지 의미를 살펴본다.

첫째 마음의 문을 열고 사람들을 보라는 것이다. 영화는 현실을 반영하는 거울일 뿐 아니라 미래를 예시하는 '꿈의 공장'임을 새삼 확인한다. '아바타'가 3차원(3D) 입체영화의 신기원을 열었다는 것보다는 21세기 인류가 직면한 문제들을 총체적으로 제기했다는 사실이다. 사람들은 '아바타'에서 많은 의미들을 읽어내려는 한다. 각자는 가치관, 정치관, 세계관, 종교관에 따라 '아바타'를 여러 가지로 해석한다. 이에 대해 이 영화를 만든 제임스 캐머런 감독은 "영화의 진정한 주제는 마음을 열고 다른 사람들을 보라는 것"이라고 했다.

둘째 '인간성의 회복'을 강력하게 보여준다. 아바타는 인간이란 무엇인가라는 오래된 질문에 새로운 방식으로 설명한다. 인간의 삶은 현실과 꿈의 두 세계로 이뤄져 있다. 즉 현재와 미래의 두 가지 요소다. '현실의 나'와 '미래의 나'가 갈등을 빚는 가운데 디지털 시대에서는 아바타의 형태로 나타났다.

실제 현실보다 미래의 세계를 더 리얼하게 보여준다. 실제로 영화에서 주인공 제이크는 아바타인 나비족의 그가 현실의 인간인 그보다 더 진짜로 느껴진다고 말한다. 21세기 잃어버린 인간의 정체성을 아바타라는 가상 실재를 매체로 해서 외계인과의 만남을 통해 회복한다는 것이 영화의 중요한 메시지라고 생각한다.

셋째 '아바타'는 우리와 외계인, 인간과 자연의 관계를 소통할 것을 요구한다. 판도라 행성에서의 존재 형태가 '생명'이다. 숲의 모든 식물 뿌리는 신경망처럼 연결되어 정보를 주고받는다. 모든 개체는 전체와 네트워크를 이루고 대지의 여신 '에이와'의 섭리에 따라 조화와 균형을 유지한다. 지구의 여신인 '오라클'은 모든 관계의 소통을 가르쳐 준다.

문득 종교religion의 어원이 '재결합'을 뜻하는 religio에서 유래되었다는 탈무드의 말이 떠오른다.

5년 후 한국 사회

미래는 알 수 없다. 알 수 있는 방법은 '땀'이다.

―유태인―

1. **소득 5만 불** 시대가 열릴 것이다. 3만 불의 의미는 명실상부하게 선진국으로 진입하는 것이다. 1960년에 소득 100불 미만에서 5백 배 이상으로 세계 역사상 전후무후한 일이다. 이 시대를 사는 우리들은 자부심을 가져야 할 것이다.

2. **성장률 저하**, 5만 불 이상 선진국이 되면 공통적으로 저성장으로 가게 된다. 747공약 같은 허구가 사라질 것이며, 전형적인 선진국형 경제가 될 예정이다.

3. **부동산 폭락**, 개발시대를 지나 선진국에 진입하면 대표적인 거품이 일었던 부동산이 폭락하게 될 것이다. 투자의 귀재 워렌 버핏은 부동산은 폭락하고 현금의 중요성이 커진다고 전망하였다. 아파트가 평당 1억 원이나 하는 우리 사회의 이상 현상은 사라질 것이다.

4. **고령시대의 도래,** 현재 우리나라의 출산율은 세계 최하수
   준이다. 노동인구가 줄어들고 사회가 부양할 노인들이 대
   거 늘어나면서 제반 문제가 야기된다. 고령사회는 또 다른
   큰 재앙으로 이에 대한 정책이 매우 시급하다.

5. **증권시장의 활성화,** 부동산 시장의 거품이 꺼지고 현금의
   중요성이 커지면서 환금성이 좋은 증시가 주요 투자 대상
   이 된다. 가장 이상적인 주식투자는 자금이 생기는 대로
   우량주식을 사서 아예 주식시세가 나오는 신문은 물론 주
   가를 보지 않는다. 이렇게 10년 정도 흐르면 거금이 된다.
   즉 장기투자가 증권투자에서 최고라는 것이다. 증권 회사
   는 힘들겠지만 성공의 길이 될 것이다.

한국을 먹여 살릴 5대 산업

*나라를 세우고 발전시키는 데는 100년도 모자라고, 그것을 망하
게 하는 것은 한순간의 일이다.

-탈무드-

*사람을 해치는 세 가지가 있다. 근심, 말다툼, 빈 지갑이다. 그중
에서 빈 지갑이 가장 큰 상처를 준다.

-탈무드-

정부 기업 개인은 지갑 즉 경제를 위하여 최선을 다해야 한
다. 지식경제부, 전경련, 삼성경제연구소 등이 전망한 '한국을
먹여 살릴 5대 업종'을 예측해 본다. 지경부에서는 약 10년 후
100조대 매출 기대한다.

*그린 카(전기 차) 및 그린수송 40조 원
*시스템 반도체 스마트폰, PC 등 20조 원
*차세대 에너지 기술, 태양광 등 25조 원
*글로벌 선도천연물 소재 신약 10조 원
*관광산업, 부가가치가 큰 산업으로 중국, 인도 등이
  인접 20조 원

미래 예측 11가지

*위기는 나라나 개인 누구에게나 올 수 있다. 늘 위기를 생각하면 위기는 오지 않는다.

-탈무드-

*중국과 인도의 엄청난 인구와 식량수요는 대재앙이 될 것이다. 방글라데시는 해수면 상승으로 더 이상 사람이 거주할 수 없는 지역으로 바뀔 것이다.

*지구가 지탱할 수 있는 수준으로 인구가 줄 때까지 전쟁과 기아가 수많은 목숨을 앗아갈 것이다.

*미래 인간의 갈등과 전쟁은 종교나 이데올로기, 민족적 자존심보다는 생존의 문제에 더 좌우될 것이다.

*수(水)자원 확보를 위한 싸움은 더욱 치열해질 것이다. 이미 북아프리카의 나일 강과 유럽의 도나우 강, 남미의 아마존 강에서 물 분쟁이 심각한 수준에서 진행되고 있다.

*핵무기 확산도 불가피해진다. 한국, 일본, 독일, 북한, 이란, 이집트처럼 핵개발에 나설 것이며, 이스라엘, 중국, 인도, 파키스탄이 핵무기를 실제 사용할 가능성도 높아질 것이다.

*해안과 국경선에 몰려드는 대규모 불법 입국자들을 처리하는 것이 유럽의 골칫거리로 대두될 것이다. 북유럽의 스칸디나비아 사람들은 혹한으로 변해 버린 날씨를 피해 대거

남쪽으로 내려오고, 폭염과 가뭄에 시달린 아프리카 사람들
도 남부 유럽으로 몰려올 것이다.

*미국과 유럽에서 최고기온이 32℃가 넘는 날들이 지금보다
  3분의 1 더 늘어날 것이며, 폭풍우와 가뭄, 폭염 등은 농업
  에 치명적인 타격을 입혀 날씨가 경제적 재앙이 될 것이다.

*2020~2030년 유럽은 기후변화에 따른 최악의 후유증을
  겪게 될 것이다. 연평균 기온이 3.3℃나 떨어져, 영국은 더
  추워지고 더 건조한 날씨가 될 것이다. 날씨는 러시아 시베
  리아와 비슷해질 것이다.

*앞으로 20년 뒤 지구가 현 수준의 인구를 지탱할 수 있는
  능력이 급격히 떨어질 것이다.

*미국이나 유럽 같은 부자나라는 난민의 입국을 막기 위해
  사실상 쇄국정책을 펴게 될 것이다. 보트피플이 심각한 사
  회 문제로 대두될 것이다.

*대규모 태풍이 세계 주요 곡창지대를 강타하고, 미국 중서
  부 지역은 강력한 바람으로 토양유실이 심각해질 것이다.

-미국 펜타곤 자료-

SNS지수 NQ 18계명

*어떤 사람이 현명한 사람인가? 늘 배우려는 사람이다.
어떤 사람이 부자인가? 자기생활에 만족하는 사람이다.*

-탈무드-

NQ (Network Quotient)란 함께 사는 사람들과의 관계를 얼마나 잘 운영할 수 있는가 하는 능력을 재는 것이라고 합니다. NQ가 높을수록 사회에서 다른 사람과 소통하기 쉽고, 소통으로 얻은 것을 자원으로 삼아 더 성공하기 쉽다고 합니다.

1. 꺼진 불도 다시 보자.

   지금 힘이 없는 사람이라고 우습게 보지 마라. 나중에 큰 코다칠 수 있다.

2. 평소에 잘해라

   평소에 쌓아 둔 공덕은 위기 때 빛을 발한다.

3. 네 밥값은 네가 내고, 남의 밥값도 네가 내라.

   기본적으로 자기 밥값은 자기가 내는 것이다. 남이 내주는 것을 당연하게 생각하지 마라.

4. 고마우면 '고맙다'고, 미안하면 '미안하다'고 큰 소리로 말해라.

입은 말하라고 있는 것이다. 마음으로 고맙다고 생각하는 것은 인사가 아니다. 남이 네 마음속까지 읽을 만큼 한가하지 않다.

5. 남을 도와줄 때는 화끈하게 도와줘라.

처음에 도와주다가 나중에 흐지부지하거나, 조건을 달지 마라. 괜히 품만 팔고 욕먹는다.

6. 남의 험담을 하지 말라.

그럴 시간 있으면 주변을 걸어라. '두 다리가 의사'라는 말을 잊지 말자.

7. 회사 바깥사람들도 많이 사귀어라.

자기 회사 사람들하고만 놀면 우물 안 개구리가 된다. 왜냐하면 회사가 너를 버리면 너는 고아가 된다.

8. 불필요한 논쟁을 하지 마라.

사회는 학교가 아니다.

9. 조직의 공금이라고 함부로 쓰지 마라.

사실은 모두가 다 보고 있다. 네가 잘 나갈 때는 그냥 두지만 결정적인 순간에는 그 이유로 잘린다.

10. 남의 기획을 비판하지 마라.

네가 쓴 계획서를 떠올려 봐라.

11. 가능한 한 옷을 잘 입어라.

외모는 생각보다 훨씬 중요하다. 할인점 가서 열 벌 살 돈
으로 좋은 옷 한 벌 사 입어라. 옷을 잘 입으면 30% 더 실
적이 오른다는 논문도 있다.

12. 조의금 아끼지 마라.

부모를 잃은 사람은 이 세상에서 가장 가엾은 사람이다.
사람이 슬프면 조그만 일에도 예민해진다. 5～십만 원 아
끼지 마라. 나중에 다 돌아온다.

13. 수입의 1% 이상은 기부해라.

마음이 넉넉해지고 얼굴이 핀다.

14. 수위 아저씨, 청소부 아줌마에게 잘해라.

정보의 발신지이자 소문의 근원일뿐더러, 자기 부모의 다
른 모습이다.

15. 옛 친구들을 챙겨라.

또한 새로운 네트워크를 만드느라 지금 가지고 있는 최고의 재산을 소홀히 하지 마라. 정말 힘들 때 누구에게 가서 상의를 하겠느냐?

16. 너 자신을 발견해라.

다른 사람들 생각하느라 너를 잃어버리지 마라. 일주일에 한 시간이라도 좋으니 혼자서 조용히 생각하는 시간을 가져라.

17. 지금 이 순간을 즐겨라.

지금 네가 살고 있는 이 순간은 나중에 네 인생의 가장 좋은 추억이다. 나중에 후회하지 않으려면 마음껏 즐겨라.

18. 배우자를 사랑해라.

배우자가 가장 소중한 사람이다. 최후에 네 곁에 있는 사람은 배우자 '짝'이다.

스티브 잡스 10

한 인간은 세상에서 세 가지를 남기고 죽는다. 가족, 재산, 선행인데 그 중에서 선행이 제일 중요하다.

−탈무드−

천재라는 스티브 잡스는 무얼 남기고 갔을까?

1. 사랑하는 사람을 찾듯이 사랑하는 일을 찾아라.
2. 실패의 위험을 감수하는 사람만이 진짜 예술가다.
3. 늘 갈망하고 바보처럼 도전하라.
4. 죽음은 삶이 만든 최고의 발명품. 새로운 결단에 도움을 준다.
5. 머무르지 마라. 다음 일을 생각하라. 뭔가 멋지고 놀랄만한 일을 찾아라.
6. 혁신은 리더와 추종자를 구분하는 잣대다.
7. 혁신은 노력한 천 가지 일에 대해 '아니오.'라고 말하는 데서 나온다.
8. 만족하지 않으면 No라고 말하라.
9. 다르게 생각하라(Think Different!)
10. 다른 사람의 삶을 사느라 시간을 낭비하지 마세요.

그건 다른 사람이 생각한 대로 사는 겁니다. 당신 내면의 진정한 목소리에 귀를 기울이세요. 늘 갈망하고, 바보처럼 도전하세요.

늘 갈망하고 늘 무모하라. *Stay Hungry, Stay Foolish!*

-스탠퍼드대 졸업식 연설-

십 년 후 국회의원과 SNS

*명예를 얻으려고 전력으로 달려가는 사람은 끝내
 그것을 얻지 못한다.

-탈무드-

*명예라는 자리는 늘 위험하여 항상 조심해야 한다.

-탈무드-

　20년 후 한국에서 국회의원을 하려는 사람이 사라질지 모른
다. 국회의 힘도 거의 없어진다. 국회에서 법안을 만들어도 젊
은 층이나 국민 대부분이 이를 무시하고 스스로의 문화를 만들
어 국회나 정당을 무력화시킨다.

　국회의원이 영향력이 거의 없는 단순한 사회봉사자 역할을
하게 되는 시기가 온다. 사회적 네트워크의 지도자나 남에게 많
이 베풀며 사회에 공헌을 많이 한 기업인이 존경받는 사회가 된
다. 국회의 힘이 빠지면서 국가의 의사결정이 급속히 '인터넷 커
뮤니티'나 공무원 테크노크라트에게 돌아가며 시민사회의 역할
이 커진다.

　SNS: 한국의 보수들은 지금 인터넷 문자 메시지나 온라인
커뮤니티에 저항하지만, 결국 그것이 대세가 되고 마이너리티
(minority) 민주주의가 부상하게 된다. SNS, 트위터, 페이스북
등 첨단기술로 무장한 신세대가 보수를 확실하게 이기게 되는

시대가 온다.

　SNS가 큰 힘을 발휘하는 시대가 온 것이다. 말 없는 다수가 뒤에서 받쳐준다고 생각하기에는 이미 사회 문화 형성의 매커니즘이 달라진 것이다. 대의 민주주의에서 직접 민주주의로 옮겨가는 시대가 올 것이다.

우리가 가진 아름다움

*자기 자신을 아는 것이 최고의 지혜이다.

-탈무드-

기대한 만큼 채워지지 않는다고 초조해 하지 마십시오.
믿음과 희망을 갖고 최선을 다한 거기까지가 우리의 한계이고
그것이 우리의 아름다움입니다.

누군가 사랑하면서 더 사랑하지 못한다고 애태우지 마십시오.
마음을 다해 사랑한 거기까지가 우리의 한계이고
그것이 우리의 아름다움입니다.

누군가를 완전히 용서하지 못한다고 부끄러워하지 마십시오.
아파하면서 용서를 생각한 거기까지가 우리의 한계이고
그것이 우리의 아름다움입니다.

모든 욕심을 버리지 못한다고 괴로워하지 마십시오.
날마다 마음을 비우면서 괴로워 한 거기까지가 우리의 한계이고
그것이 우리의 아름다움 입니다.

미래 예측, 제4의 물결

*현명한 자일수록 큰 실수를 많이 한다. 많이 들어야 실수를
줄일 수 있다.

−탈무드−

　미래학자 **앨빈 토플러**가 몇 년 전 책을 냈다. 미래쇼크. 제3
물결. 권력이동에 이은 네 번째 저서의 제목은 '부의 미래'다.

　이 책은 먼저 우리가 이제 막 들어선 지식혁명이라는 대소용
돌이의 본질과 변화 방향을 분석한다. 토플러는 지식혁명이 불
러올 미래가 '시간, 공간, 지식'에 의해 좌우될 거라고 본다. 그
는 오늘날 세계 여러 나라가 직면한 위기가 경제발전 속도를 제
도와 정책이 따라가지 못하는 데서 생기는 '속도의 충돌', 즉 시
간의 문제라고 진단한다. 변혁을 주도하는 기업이 시속 100마
일(160㎞)과 90마일로 쌩쌩 질주한다. 반면 노조 30마일, 정부
25마일, 학교 10마일, 정치권 3마일이라고 주장한다. 거북이걸
음으로 사회발전을 방해하고 있다는 것이다. 정부의 **관료주의**,
강성노조, 구태를 벗어나지 못하는 정치권이 지식기반 시스템
과 선진경제로의 발전을 가로막는다. 바로 우리의 자화상이기
도 하다.

이런 혁명적 변화 속에선 지금까지의 지식과 산업시대의 발상은 더 이상 쓸모가 없다고 진단한다. 쓸모없어진 지식, 정보의 홍수 속에 쏟아져 나오는 쓰레기 같은 지식, 토플러는 이를 '압솔리지(obsoledge)'라 부른다. '쓸모없다'는 뜻의 'obsolete'와 '지식'이란 뜻의'knowledge'를 결합한 신조어다. 이런 '무용 지식'을 걸러내는 능력이야말로 미래의 부를 결정짓는 핵심 요소가 될 것이라고 충고한다.

그는 이 책에서 아시아에 특별한 의미를 부여했다. 부의 중심축이 지난 세기 유럽에서 미국으로 건너갔고, 21세기는 아시아로 이동해 특히 중국이 세계의 부를 지배할 것이라고 보았다. 아시아를 언급하면서 중국·일본과 함께 한국에도 별도의 장을 할애한 점이다. 지식혁명의 물결 속에서 한국의 역동성에 기대를 건다는 뜻일까?

한국에 대해 그는 "불과 한 세대 만에 제1, 제2, 제3 물결을 모두 이뤄낸 나라"라고 극찬하였다. 한국이 40년 만에 산업화 물결을 타고 넘어, 정보화 물결의 맨 앞줄을 달리고 있다는 얘기다. 그는 그러나 한국의 미래는 '시간과의 싸움'이라고 진단했다.
한국의 속도 지상주의 문화와, 저출산 문제, 제왕적 세습체제인 북한과의 관계를 어떻게 극복하느냐에 한반도의 미래가 달려 있다는 것이다.

'사랑' '성공' '부富'

*사랑은 지성 있는 사람에게서 지성을 **빼앗고**, 지성이 없는
 사람에게 지성을 선사한다.

–탈무드–

*남자는 사랑에 죽고, 여자는 사랑에 산다.　　　–프랑스–

한 여인이 집 밖으로 나왔다. 그녀의 정원 앞에 앉아 있는 하
얗고 긴 수염을 가진 3명의 노인을 보았다. 그녀는 그들을 잘
알지 못했다. 그녀가 말하길, "나는 당신들을 잘 몰라요. 그러나
당신들은 많이 배고파 보이는군요. 저희 집에 들어오셔서 뭔가
를 좀 드시지요."

"집에 남자가 있습니까?"
"아니요. 외출중입니다."
"그렇다면 우리는 들어갈 수 없습니다."라고 그들이 대답하
였다.
저녁이 되어 남편이 집에 돌아왔다. 그녀는 남편에게 일어난
일을 이야기하였고 남편은 "그들에게 가서 내가 집에 돌아왔다
고 말하고 그들을 안으로 모시라"고 하였다.
부인은 밖으로 나갔고 그 노인들을 안으로 들라 초대하였다

그들이 대답하길 "우리는 함께 집으로 들어가지 않는다." 라고 하였다.

"왜죠?"라고 그녀가 물었다. 노인 중 한 사람이 설명하였다.

"내 이름은 부(富)입니다." 다른 친구들을 가리키며

"저 친구의 이름은 성공이고, 다른 친구의 이름은 사랑(Love)입니다."

그리고 부연 설명하기를, "자, 이제 집에 들어 가셔서 남편과 상의하세요. 우리 셋 중에 누가 당신의 집에 살기를 원하는지."

부인은 집에 들어가 그들이 한 말을 남편에게 이야기했고 그녀의 남편은 매우 즐거워했다.

남편이 말했다.

"이번 경우, 우리 '부'를 초대합시다. 그를 안으로 들게 해서 우리 집을 부로 가득 채웁시다." 부인은 동의하지 않았다.

"여보, 왜 '성공'을 초대하지 않으세요?" 그들의 며느리가 집 구석에서 그들의 대화를 듣고 있었다. 그 며느리가 그녀의 제안을 내놓았다.

"사랑을 초대하는 것이 더 낫지 않을까요? 그러면 우리 집이 사랑으로 가득 차게 되잖아요." 우리 며느리의 조언을 받아들입시다.

남편이 부인에게 말했다.

"밖에 나가 '사랑'을 우리의 손님으로 맞아들입시다."

부인이 밖으로 나가 세 노인에게 물었다.

"어느 분이 '사랑'이세요? 저희 집으로 드시지요"

'사랑'이 일어나 집안으로 걸어가기 시작했다. 다른 두 사람 부와 성공도 일어나 그를 따르기 시작했다.

놀라서 그 부인이 부와 성공에게 물었다.

"저는 단지 '사랑'만을 초대했는데요. 두 분은 왜 따라 들어오시죠?"

두 노인이 같이 대답했다.

"만일, 당신이 '부' 또는 '성공'을 초대했다면, 우리 중 다른 두 사람은 밖에 그냥 있었을 거예요. 그러나 당신은 '사랑'을 초대했고, 사랑이 가는 어느 곳에나 우리 부와 성공은 그 사랑을 따르지요."

사랑이 있는 곳은 어디에도 또한 '부'와 '성공'이 있지요.

—미국 인터넷—

미래가 보인다. 한국부자들의 좌우명

인생이란 밤과 같은 것이니 방향을 잘 잡아야 한다.

-탈무드-

01. 조선시대 거상, 임상옥 – 재물에 있어서는 물처럼 공평하게 하라.
02. 마산자기회사, 이승훈 – 땅속의 씨앗은 자기의 힘으로 무거운 흙을 들치고 올라온다.
03. 경주 최부잣집 최준 창업주 – 사방 백 리 안에 굶어 죽는 사람이 없게 하라.
04. 유한양행, 유일한 창업주 – 기업은 사회를 위해 존재한다.
05. 금호아시아나그룹, 박인천 창업주 – 신의, 성실, 근면.
06. 샘표식품, 박규회 창업주 – 옳지 못한 부귀는 뜬구름과 같다.
07. 코오롱그룹, 이원만 창업주 – 공명정대하게 살자.
08. 경방그룹, 김용완 명예회장 – 분수를 알고 일을 즐긴다.
09. 효성그룹, 조홍제 창업주 – 덕을 숭상하며 사업을 넓혀라.
10. 삼성그룹, 이병철 창업주 – 수신제가치국평천하.
11. LG그룹, 구인회 창업주 – 한 번 사람을 믿으면 모두 맡겨라.
12. 쌍용그룹, 김성곤 창업주 – 인화(人和)가 제일 중요하다.

13. 현대그룹, 정주영 창업주 - 시련은 있어도 실패는 없다.

14. 벽산그룹, 김인득 창업주 - 남과 같이 돼서는 남 이상 될 수 없다.

15. 교보생명, 신용호 창업주 - 맨손가락으로 생나무를 뚫는다.

16. 대림그룹, 이재준 창업주 - 풍년 곡식은 모라자도 흉년 곡식은 남는다.

17. 개성상회, 한창수 회장 - 아름답고 평범하게 살자.

18. 한진그룹, 조중훈 창업주 - 모르는 사업에는 손대지 말라.

19. 대상그룹, 임대홍 창업주 - 나의 도는 하나로 꿰뚫고 있다.

20. 한화그룹, 김종희 창업주 - 스스로 쉬지 않고 노력한다.

21. 롯데그룹, 신격호 창업주 - 겉치레를 삼가고 실질을 추구한다.

22. SK 그룹, 최종현 회장 - 학습을 통하여 스스로 문제를 해결한다.

23. 을유문화사, 정진숙 회장 - 차라리 책과 더불어 살 수 있는 거지가 더 낫다.

24. 두산그룹, 박용곤 명예회장 - 분수를 지킨다.

25. 금호그룹, 박정구 전 회장 - 의가 아닌 것을 취하지 말라.

26. 동원그룹, 김재철 회장 - 모든 일에 정성을 다하자.

27. 두산그룹, 박용오 회장 - 부지런한 사람이 성공한다.

29. 광동제약, 최수부 회장 - 자신이 하고자 하는 일이 있다면 끝까지 완수하자.

30. 미래산업, 정문술 회장 – 미래를 지향한다.

31. 현대자동차그룹, 정몽구 회장 – 부지런하면 세상에 어려울 것이 없다.

32. 두산중공업, 윤영선 부회장 – 정성이 지극하면 하늘도 감동한다.

33. 캐드콤, 김영수 대표 – 충분히 생각하고 단호히 실행하라.

34. 아티포트, 김이현 회장 – 사슴은 먹이를 발견하면 무리를 불러 모은다.

35. SK텔레콤, 조정남 부회장 – 하는 일마다 불공을 드리는 마음으로 대하라.

36. 동양화재, 정건섭 대표 – 크고자 하거든 남을 섬겨라.

37. 연합캐피탈, 이상영 대표 – 물은 모두를 이롭게 하지만 다투지 않는다.

바라보기

*포도주는 오래된 것일수록 맛이 좋다. 지혜도 마찬가지로 해를
 거듭할수록 익어간다.

-탈무드-

미래를 바라보는 것은
우리에게 남과 세상을 이해하는 법을 가르쳐 줍니다.
오늘의 고통의 원인과 직접 부딪혀
해답의 소리에 깊이 귀 기울여 많은 깨달음을 얻는 법입니다.
그 깨달음이 바로 고통에서 자유를 향한, 본래의 고향으로 돌아
오는 길을 안내해 주는 이해와 통찰 그리고 사랑입니다.

이해, 깨달음, 통찰, 소통, 사랑, 관심은
모두가 같은 뜻, 하나로 통하는 말입니다.
진정으로 멀리 바라보아야만 가능한 일들이니까요.

멀리 바라보는 사람이 진정한 인생의 동반자입니다.
지나치듯 겉만 보면 어디가 아프고 괴로운지
그 원인과 해답을 바로 볼 수가 없습니다.
멀리 그리고 깊이 바라보아야만 보입니다.

사람과 계급

　조지 워싱턴이 대통령 임기를 마치고 민간인의 신분으로 있
던 어느 여름날, 홍수가 범람하자 물 구경을 하러 나갔습니다.
물이 넘친 정도를 살펴보고 있는데 육군 중령의 계급장을 단 군
인 한 사람이 초로의 워싱턴에게 다가왔습니다.

　"노인, 미안합니다만, 제가 군화를 벗기가 어려워서 그런데
요."
　제가 이 냇물을 건널 수 있도록 저를 업어 건네주실 수 있을
까요?
　"뭐, 그렇게 하시구려!"
　중령은 워싱턴의 등에 업혀 그 시냇물을 건너게 되었습니다.
　"노인께서도 군대에 다녀오셨나요?"
　"네, 다녀왔지요."
　"사병이셨습니까?"
　"장교였습니다."
　"혹시 위관이셨습니까?"

"조금 더 위였습니다."

"아니 그러면 소령이었나 보네요."

"조금 더 위였습니다."

"그럼 중령이셨군요."

"조금 더 위였습니다."

"아니 대령이셨단 말씀이십니까?"

"조금 더 위였습니다."

"아니 그럼 장군이셨네요."

중령이 당황하며 "노인 어른, 저를 여기서 내려 주세요."

"냇물을 건너기까지는 얼마 남지 않았소. 내가 업어 건네 드리리다."

"노인께서는 그럼 준장이셨습니까?"

"조금 더 위였습니다."

"혹시 중장이셨나요?"

"조금 더 위였습니다."

"그럼 최고의 계급인 대장이셨단 말씀이세요?"

"조금 더 위였습니다."

이때 막 냇가를 다 건너게 되자 워싱턴이 중령을 내려놓았습니다. 자신을 업어 준 노인을 물끄러미 바라보던 육군 중령은 그 텁수룩한 노인이 당시 미합중국의 오성장군(五星將軍)이며 전직 대통령이었던 '조지 워싱턴'임을 알아보고 소스라치게 놀랐습니다.

우리는 흔히 막노동을 하는 직업을 가진 사람이라고 해서, 혹은 차림새가 조금 초라하다거나 몸에 걸친 의복이 다소 남루하다고 해서 사람을 무시하는 어리석음을 범하기 쉽습니다. 외모로 사람을 판단하지 말라는 교훈을 말해 주는 일화입니다.

-뉴욕타임스-

부부의 종류

1. **침묵 부부** : 부부 사이의 침묵은 금이 아니라 침묵하면 금이 가게 됩니다. 오고 가는 대화 부부가 되어야 합니다.

2. **퉁명 부부** : 부부 관계에 문제가 생기는 가장 큰 이유는 퉁명스러움입니다. 짜증이 결국은 부부 관계를 무너지게 할 수 있습니다. 원망 불평을 버리고 애교와 사랑이 넘치는 친절한 감사 부부가 되어야 합니다.

3. **돈돈 부부** : 무엇이든 돈으로 연결시키는 부부는 곤란합니다. 결혼 생활의 행복에 있어서 돈은 목표가 아니라 필요한 도구일 뿐입니다. 돈보다 더 중요한 것이 서로를 신뢰하는 것입니다. 금보다 더 값진 믿음 부부가 되어야 합니다.

4. **달달 부부** : 아무리 부부라도 서로 각자의 영역과 자유를 인정해야 합니다. 꼬치꼬치 따지지 맙시다. 서로 간에 안식과 평안을 주는 평화 부부가 되어야 합니다.

5. **외도 부부** : 바람피우는 것만이 외도는 아닙니다. 가정을 지키지 않고 밖으로 도는 남편이나 아내가 되어서는 안

됩니다. 서로를 용서하고 위로하고 감싸주는 애정 부부가 되어야 합니다.

6. **험담 부부** : 부부는 서로 간에 상스런 말을 해서는 안 되겠지만 다른 사람의 배우자 흉도 안 됩니다. 서로 단점을 보완하고 칭찬하는 칭찬 부부가 되어야 합니다.

7. **따로 부부** : 상대방에 대해서 지나치게 간섭하거나 달달 볶는 것도 문제지만 무관심 무간섭은 부부관계도 그에 못지않게 위험합니다. 서로 보살피고 도와주는 협력 부부가 되어야 합니다.

8.**무시 부부** : 사사건건 무시당하고 살면 모든 일에 힘이 빠집니다. 서로 인정하고 존중해 줄 때 능력이 생기고 행복해집니다. 서로 인정해 주는 존중 부부가 됩시다.

9.**속임 부부** : 부부는 비밀이 없어야 합니다. 서로 속이는 것이 많아지면 문제가 생깁니다. 거짓말 하나 때문에 문제가 눈덩이처럼 자꾸 커지는 것을 봅니다. 진실이 항상 넘칠 때 기쁨과 축복이 옵니다. 항상 비밀 없이 허물을 덮어주는 진실 부부가 됩시다.

당신은 어떤 부부십니까? 항상 행복한 부부 생활로 바꾸어 가는 것이 최고입니다.

−인터넷−

다섯 가지 즐거움

*향락을 좋아하면 가난해지고, 술과 도박을 즐기면 오래 살지 못
한다.

-탈무드-

1. 눈이 즐거워야 한다.

눈이 즐거우려면 좋은 경치와 아름다운 꽃을 봐야 한다.

그러기 위해서는 여행을 자주해야 아름다운 경치와 아름다운
꽃들을 볼 수 있다. 가능하다면 해외나 국내여행을 자주하여야
할 것 같다.

외국 사람들은 돈을 벌어 어데 쓰느냐고 물으면 여행을 하기
위해 번다는 사람이 많다.

여행은 휴식도 되고 새로운 에너지를 충전하는 기회도 되는
것이다.

꼭 여행만이 눈이 즐거운 것은 아니다. 개인에 따라 여행이
여의치 않는다면 하루 시간 중 시간이 나는 대로 웃긴 글이나,
웃긴 사진을 보면서 맘껏 웃을 수 있는 시간이 주어진다면 그것
이 바로 즐겁게 사는 방법이 된다.

2. 입이 즐거워야 한다.

입이 즐거우려면 맛있는 음식을 먹어야 한다.

금강산도 식후경이란 말이 있지 않은가?

어떻게 보면 먹는 것이 제일 중요하다고 볼 수도 있다.

우리 몸을 유지하기 위해서는 우리 몸에 필요한 영양소를 골고루 섭취해야 하기 때문이다.

식도락가는 아니더라도 미식가는 되어야 하지 않겠는가? 미식가는 맛있는 음식을 찾는다.

지방에 따라 그 지방의 유명한 향토 음식이 있다. 특별한 향토음식점을 미리 알아보고 찾아가는 것이 현명하다

3. 귀가 즐거워야 한다.

귀가 즐거우려면 아름다운 소리를 들어야 한다.

계곡의 물소리도 좋고 이름 모를 새소리도 좋다.

자기가 좋아하는 가수의 음악을 듣는 것도 귀가 즐거운 것이다.

조용히 음악을 감상하는 것이 정서에 얼마나 좋은지 모른다.

음악을 즐기는 사람치고 마음이 곱지 않은 사람이 없다

4. 넷째 몸이 즐거워야 한다.

몸이 즐거우려면 자기 체력과 소질에 맞는 운동을 하여야 한다.

취미에 따라 적당한 운동을 하면 건강에도 좋고 몸도 즐거운 것이다.

5. 마음이 즐거워야 한다.

마음이 즐거우려면 남에게 베풀어야 한다.

가진 것이 많아야 베푸는 것이 아니다.

자기 능력에 따라 베푸는 것이다.

남에게 베풀 때 정말 마음이 흐뭇한 것이다.

마음으로라도 베풀어야 한다.

남을 칭찬하는 것도 베푸는 것이다.

가장 인간성이 좋은 사람은?

사람에게 가장 중요한 것은 먼저 남을 배려하는 것이다.

-탈무드-

가장 훌륭한 인격자는 욕망을 스스로 자제할 수 있는 사람이며
가장 겸손한 사람은 자신이 처한 현실에 대하여 감사하는
사람이고
가장 존경받는 부자는 적시적소에 돈을 쓸 줄 아는 사람이다.

가장 건강한 사람은 늘 웃는 사람이며
가장 인간성이 좋은 사람은 남에게 피해를 주지 않고 배려하는
사람이다.

근세 유학자 윤사순은 '유교란 배려이다.'라고 말했다.

제2장_미래를 보는 지혜

제2장

미래를 보는 지혜

나는 누구입니까?

자기 자신을 아는 사람이 가장 현명한 사람이다.

―탈무드―

나는 믿는다고 하면서 의심도 합니다.
나는 부족하다고 하면서 잘난 체도 합니다.
나는 마음을 열어야 한다고 하면서 닫기도 합니다.
나는 정직하자고 다짐하면서 꾀를 내기도 합니다.
나는 떠난다고 하면서 돌아와 있습니다.

나는 참아야 한다고 하면서 화를 냅니다.
나는 눈물을 흘리다가 웃기도 합니다.
나는 시간이 많은데도 바쁜 척합니다.
나는 같이 가자고 하면 혼자 있고 싶고,
혼자 있으라 하면 같이 가고 싶어 합니다.
내 안에는 늘 이중적인 게 살고 있습니다.

나를 이루게 하는 지혜

*자기를 먼저 이 세상에 필요한 사람이 되도록 해야 한다.
그러면 재물은 저절로 들어오게 된다.

-탈무드-

사람이 아껴야 할 마음은 초심이다.

훌륭한 인물이 되고 중요한 과업을 성취하기 위해서는 세 가지 마음이 필요하다고 한다.

첫째는 초심, 둘째는 열심, 그리고 셋째는 뒷심이다.

그중에서도 제일 중요한 마음이 초심이다.

그 이유는 초심 속에 열심과 뒷심이 담겨 있기 때문이다.

초심을 잃지 않을 때 열심이 나오기 때문이다.

*초심이란 일을 시작할 때 다짐하는 마음이다.
*초심이란 첫사랑의 마음이다.
*초심이란 순수한 마음이다.
*초심이란 배우는 마음이다.
*초심이란 순수한 동심이다.

초심처럼 좋은 것이 없다.

가장 지혜로운 삶은 영원한 초심자로 살아가는 것이다.

우리가 무엇을 이루었다고 생각할 때가 가장 위험한 때다.
그때 우리가 생각해야 할 마음이 초심이다.
우리 인생의 위기는 초심을 상실할 때 다가온다.
초심을 상실했다는 것은 교만이 싹트기 시작했다는 것이다.
마음의 열정이 식기 시작했다는 것이다.
겸손하게 배우려는 마음을 상실해 가고 있다는 것이다.

초심을 잃지 않기 위해서 우리는 수시로 마음을 관찰해야 한다.
초심과 얼마나 거리가 떨어져 있는지 관찰해 보아야 한다.
초심은 사랑과 같아서 날마다 가꾸지 않으면 날아가고 만다.

토인비가 극찬한 동양의 지혜 1

*21세기는 아시아의 시대가 도래할 것이다.

－게오르규－

　큰 지혜가 있는 사람은 영고성쇠(榮古盛衰)를 알고 있으므로 얻었다 해서 기뻐하지 않고
　잃는다 해서 근심하지 않는다. 그는 운명의 변화무상함을 알고 있기 때문이다.

－장자－

　늙어서 나는 병은 이 모두가 젊었을 때 불러온 것이며, 쇠한 뒤의 재앙도 모두 성시(盛時)에 있었던 것이다. 그러므로 군자(君子)는 가장 성할 때에 더욱 조심하여야 한다.

－채근담－

　불길이 무섭게 타올라도 끄는 방법이 있고, 물결이 하늘을 뒤덮어도 막는 방법이 있으니 화는 위험한 때 있는 것이 아니고 편안한 때 있으며, 복은 경사 때 있는 것이 아니고 근심할 때 있는 것이다.

－김시습－

나무는 가을이 되어 잎이 떨어진 뒤라야 꽃피던 가지와 무성하던 잎이 다 헛된 영화였음을 알고, 사람은 죽어서 관 뚜껑을 닫기에 이르러서야 자손과 재화가 쓸데없음을 안다.

-채근담에서-

십 년 만에 죽어도 역시 죽음이요, 백 년 만에 죽어도 역시 죽음이다.

어진 이와 성인도 역시 죽고, 흉악한 자와 어리석은 자도 역시 죽게 된다.

썩은 뼈는 한가지인데 누가 그 다른 점을 알겠는가?

그러니 현재의 삶을 즐겨야지 어찌 죽은 뒤를 걱정할 겨를이 있겠는가.

-열자-

유익한 벗이 셋 있고 해로운 벗이 셋이 있다.

곧은 사람과 신용 있는 사람과 견문이 많은 사람을 벗으로 사귀면 유익하며, 편벽한 사람과 아첨 잘하는 사람과 말이 간사한 사람을 벗으로 사귀면 해로우니라.

-공자-

나이 많음을 개의치 말고, 지위가 높음을 개의치 말고, 형제의 세력을 개의치 말고 벗을 사귀어라. 벗이란 상대방의 덕을 가려 사귀는 것이니, 여기에 무엇을 게재시켜서는 안 되느니라.

-맹자-

토인비가 극찬한 동양의 지혜 2

지혜는 샘이다. 마시면 마실수록 점점 많아지고 넘쳐흐른다.

-탈무드-

　역사학자 토인비는 중용中庸 사상에 심취되어 다음과 같이 극찬하였다.

　'음양의 변화가 중용의 이치에 의해 이루어지며 모든 역사적인 변천의 근본원리이다. 지나치게 이론적인 서구의 변증법보다는 정적인 면까지 포괄되어 있는 중용사상이 더 깊이가 있다.'

-재미있는 중용(서근석)-

미래의 콘셉트 배려와 감동

인생은 행복한 사람에게는 너무 짧고, 불행한 사람에게는 너무나 길다.

-탈무드-

캘리포니아 유학 중인 어느 한국 학생의 이야기이다. 학기 등록 때 고국의 부모님으로부터 등록금과 생활비를 받을 때마다 고국에 계시는 부모님께 죄송스런 마음이었다.

부모님의 어려운 사정을 너무나 잘 알고 있기에 조금이라도 그 부담을 덜어드리기 위해서 방학 시즌 때 요세미티 공원 나뭇가지 벌목 아르바이트를 하게 됐다. 한 푼이라도 더 많이, 더 빨리 모으기 위해 비장한 결심까지 했다.

'점심을 굶고 그 돈을 절약하자.'

점심시간이 되어 동료 미국인 일꾼들이 샌드위치로 점심식사를 하는 시간에는 배고파 먹고 싶은 마음 간절하지만 돈 절약하기 위해 점심 굶는다는 말은 차마 자존심 때문에 하지 못하고 위염으로 점심을 먹지 말라는 의사의 지시 때문에 어쩔 수 없이 식사를 하지 않는다고 둘러대면서 나무 밑에서 책을 읽거나 낮잠을 자는 척했다.

이때 동료 작업 인부 중에서 이 말은 거짓이며 돈을 절약 위해 힘들게 배고픔을 참고 있다는 것을 간파한 미국인 인부가 있었다. 저 한국 아르바이트 학생이 위염 때문에 식사를 하지 않는 것이 아니라 돈을 아끼기 위해 일부러 굶고 있다. 얼마나 배고플까. 어떻게 저 사람 자존심 건드리지 않게 하면서 내 샌드위치를 좀 나눠 줄 방법이 없을까? 생각하다 그 아르바이트 학생에까지 들리게 큰 소리로 갑자기 말하기 시작했다.

"에이 미련한 와이프! 내 어찌 먹으라고 오늘 샌드위치를 이렇게 많이 싸 준 거야. 다 먹지 못하고 버릴 수도 없고, 그렇다고 남겨 가면 자기의 성의도 모른다고 잔소리 할 텐데 어이 한국학생 자네 날 좀 도와줄 수 없겠나? 보다시피 이 샌드위치 나 혼자선 도저히 다 못 먹을 만큼 양이 많으니 자네가 내 대신 좀 처분해 줄 수 없겠나?"

그 아르바이트 학생은 몇 번 사양하는 척하면서 결국은 그 미국인 인부의 간곡한 청을 들어준다는 입장에서 그 인부의 샌드위치를 나눠 먹게 되었다. 그날 이후부터 그 아르바이트 학생은 남에게 점심을 공짜로 얻어먹는다는 자존심 상하는 생각 없이 오히려 그 미국인 인부를 도와준다는 입장에서 계속해서 샌드위치를 얻어먹게 되었다.

그렇게 해서 돈을 모아 등록을 한 후 다음 학기 방학 때 이 학생은 그때 자기에게 샌드위치를 작업 시즌이 끝날 때까지 공짜로 나눠먹게 해 준 고마운 미국인 인부에게 인사를 하려고 살고 있는 마을로 찾아갔다. 그러나 숙소 경비원이 그 사람은 작업 나가고 지금 집에 없다고 했다. 그러면 그분 부인이라도 뵙고 인사를 드리고 가겠다고 했다. 그러자 숙소 경비원이 이상한 눈으로 바라보면서 "부인이라니? 그 사람은 3년 전에 부인을 잃고 그 이후로 지금까지 독신으로 혼자 사는데요."

한국 학생은 모든 사실을 알게 되었다. "미련한 우리 와이프! 내 어떻게 먹으라고 샌드위치를 이렇게 많이 싸 준 거야" 그 말은 모두가 나의 자존심 건드리지 않게 하면서 자기 샌드위치를 나눠주겠다는 그 마음이라는 것을 말이다.

제일 큰 도서관과 제일 배 아픈 나라

사람의 지혜는 책 속에 있고, 오랜 경험에서 온다.

-탈무드-

세계에서 제일 큰 도서관은 미국 워싱턴에 있는 국회 도서관으로, 이 도서관의 책이 천구백만 권이나 된다. 그리고 이 책을 진열하는 선반의 길이가 약 850Km나 된다. 서울에서 부산까지가 428Km라는 것을 생각하면 대단한 규모다. 21c 공부해야 따라 가는데.

러시아 사람들은 배가 아프다. 미국의 50개 주 중의 하나인 알래스카는 미국 남북전쟁 후 1867년 당시 미국 국무장관이었던 윌리엄 H. 쎄워드에 의해서 러시아로부터 7백2십만 불을 주고 매입했다. 지금은 미국의 가장 중요한 군사기지가 있으며 관광으로 연간 3천만 불, 어업으로 1억4천만 불, 광업으로 4억8천만 불, 공업으로 4억5천만 불을 벌어들인다.
미국의 새로운 보고가 되었다.

러시아 사람들 배 아픈 소리가 여기까지 들린다.

-미국 상업용 카피-

머피의 법칙과 22법칙

*인생은 수많은 모순이 존재한다. 그 모순은 원하지 않는
반대 방향으로 간다.

-탈무드-

1. 머피의 법칙 : 잘못될 가능성이 있는 것은 반드시 잘못된
   다.
2. 사건 법칙 : 일어나지 말았으면 하는 일일수록 잘 일어난
   다.
3. 이사 법칙 : 지난 이사 때 없어진 것은 다시 이사할 때 나
   타난다.
4. 목수의 제3법칙 : 찾지 못한 도구는 새것을 사자마자 눈에
   보인다.
5. 마음 법칙 : 타인의 행동이 평가 대상이 되었을 때, 마음속
   으로 좋은 인상을 심어 주면 꼭 실수를 한다.
6. 쇼핑백의 법칙 : 집에 가는 길에 먹으려고 생각한 초콜릿
   은 쇼핑백의 맨 밑바닥에 있다.
7. 라디오의 법칙 : 라디오를 틀면 언제나 가장 좋아하는 곡
   은 마지막 부분이 흘러나온다.

8. **편지의 법칙** : 기가 막힌 문구가 떠오를 때는 편지를 봉한 직후다.

9. **버스의 법칙** : 버스 안에서 오랜만에 좋은 노래가 나오면 꼭 안내 방송이 나온다.

10. **바코드의 법칙** : 사면서 좀 창피하다는 생각이 드는 물건 일수록 계산대에서 바코드가 잘 찍히지 않는다.

11. **머피의 상수(常數)** : 물건이 망가질 확률은 그 가격에 비례한다.

12. **얼간이 법칙** : 찾는 물건은 항상 마지막에 찾아보는 장소 에서 발견된다.

13. **토론의 제1법칙** : 바보와 언쟁하지 마라. 어느 쪽이 바보 인지 구별할 수 없을지도 모른다.

14. **정치의 2대 법칙** : *정치가가 무엇을 말하고 있든, 그것 은 모두 진실이 아니다.
    *정치가가 무엇을 말하고 있든, 그것은 돈 이야기다.

15. **돈의 제1법칙** : 뜻밖의 수입이 생기면, 반드시 뜻밖의 지 출이 그만큼 생긴다.

16. **프리랜스의 제1법칙** : 고수입의 화급한 일은 저수입의 화 급한 일을 계약한 뒤에야 들어온다.

17. **프리랜스의 제2법칙** : 바쁜 일들은 모두 마감 날이 같다.

18. **동물원과 박물관 법칙** : 가장 흥미로운 것에는 이름표가 붙어 있지 않다.

19. **방사선과의 법칙** : 엑스레이 촬영대가 차가우면 차가울수록, 그만큼 더 몸을 밀착시켜 달라는 지시가 따른다.

20. **교통정체의 제1법칙** : 정체되고 있는 차선은 당신의 차가 빠져 나오자마자 소통되기 시작한다.

21. **최후의 법칙** : 안 될 듯한 일이 뜻밖에 잘 풀리는 경우, 안 되는 쪽이 결과적으로 이로울 때가 많다.

22. **키보드 법칙** : 컴퓨터 키보드의 자판 중에서 가장 많이 쓰는 중요한 키가 가장 먼저 고장이 난다.

늘 실망하지 말고 즐겁게 살아야 한다.

머피의 법칙과 재미있는 22법칙처럼 사람은 늘 원하는 것과 반대 방향으로 갈 때가 많다. 철학자 칸트는 '사람이 가장 하기 쉬운 것이 실수'라고 하였다.

유머 어때유

국제 감각은 유연성과 유머 감각이다.

−프랑스−

여자, "머리가 좀 모자라면 어때유?
예쁘기만 하면 돼."라고 생각한 남자가
아이큐 70밖에 안되지만
몸매가 섹시하고 늘씬한 아가씨에게 프러포즈를 했다.

남자는 당연히 오케이 할 것이라고 생각했는데
여자가 한참을 고민하더니 말했다.
"미안하지만 그럴 수 없어요."

자존심이 상한 남자가 이유가 뭐냐고 따지자.
"왜냐하면 우리 집 전통은 집안사람들끼리만 결혼을 하거든요.
할머니는 할아버지와 아빠는 엄마와 외삼촌은 외숙모랑.
그리고 고모부는 고모랑 하지요."

미래의 깃털 없는 닭

*미래는 상식적으로 오는 것이 아니고, 파격적으로 오고 있다.
이걸 미래쇼크라고 한다.

—엘빈 토플러—

이스라엘이 유전자 조작으로 깃털 없는 닭을 만들었다. 이 닭들은 닭 사육장의 주인에게 깃털을 뽑히다 말고 도망쳐 나온 닭처럼 보인다.

유전자 조작으로 처음 알에서 깨어 나온 병아리 때부터 깃털이 없어진 것이다.

코미디 프로에 소품으로 이용될 듯한 인형 닭을 연상케 하는 이 닭들은 이스라엘 텔아비브 근처의 도시인 레호봇의 연구소에서 유전자 조작으로 만들어진 털 없는 닭이다.

털이 없는 닭은 더운 나라에서 닭을 키우기 위해서 비싼 냉방 시설을 줄일 수 있으며 가공 과정에서 털 제거 작업을 없앨 수 있는 장점이 있다고 해서 미래의 축산으로 각광받을 품종이라고 한다. 무더운 국가에서는 미래의 축산업으로 깃털이 없는 닭의 품종 사육이 적격이라고 한다.

—이스라엘 자료—

세대별 부인과 신랑

*부부의 성행위는 자연의 일부이다. 그러나 여자가 원하지 않을
 때는 해서는 안 된다.*

−탈무드−

1. **남편의 생일날**

    20대 : 남편을 위한 선물과 갖가지 이벤트를 준비한다.

    30대 : 고급 레스토랑에 외식을 나간다.

    40대 : 하루 종일 미역국만 먹인다.

    50대 : 귀찮아하면서 며느리나 사위 불러 바가지 씌운다.

    60대 : 영감 혼자 두고 딸네 집으로 간다.

2. **남편이 외박을 했다.**

    20대 : 너 죽고 나 살자고 달려든다.

    30대 : 일 때문에 야근을 했겠지 하며 이해하려 든다.

    40대 : 아직도 쓸 만한가 궁금해 한다.

    50대 : 외박했는지도 모른다.

    60대 : 에구 많이 하라고, 신경도 안 쓴다.

3. **주방에서 설거지하는데 남편이 엉덩이를 톡 때렸다.**

    20대 : 왜 그래. 아까 했잖아. 좀 자제하자 우리.

30대 : 자기도 참 부끄럽잖아요.

40대 : 이 양반이 뭘 잘못 먹었나. 설거지나 좀 해요.

50대 : 너 죽을래. 제 명대로 살고 싶으면 가만히 있어.

60대 : 휙 뒤돌아보며 쏴 부친다. 능력이나 있어?

4. 시장에 가서 물건 값을 깎았다.

　20대 : 아잉, 아저씨이,(옆구리 콕콕!) 좀 깎아 주세요.

　30대 : 아저씨 앞으로 자주 올 테니까 깎아 주실 거죠?

　40대 : 돈이 이것밖에 없어요. 나중에 드릴게요.

　50대 : 그냥 만 원에 줘요 하고 가져가 버린다.

　60대 : 줄나믄 주고 말라면 줘유.

만남

*만나는 모든 사람에게 무언가를 배우는 사람이 가장 현명한 사람
이다.

-탈무드-

인생은 만남이다. 사람이 한세상을 살면서 깊은 만남은 사람
은 불과 10여 명도 안 되는 것 같다. 극소수의 사람과 깊은 만남
을 우리는 가질 따름이다.

나를 낳아 준 아버지와 어머니, 핏줄로 얽힌 2, 3명의 형제자
매, 아내 또는 남편, 나의 분신인 2, 3명의 내 아들과 딸들, 막
역한 두세 명의 친구, 은사님 한두 분, 사랑하는 연인 한둘과 가
까운 친척 2, 3명, 그 밖에 어떤 인연으로 얽힌 한두 명의 선배
또는 은인이다.

그 10여 명의 사람은 신神이 내게 주신 은혜요, 선물이요, 운
명으로 생각하고 소중하게 여기고 소중하게 대해야 한다.

그것은 불교적 표현을 하면 전생의 깊은 인연이다. 길가에서
옷자락 한 번 스치고, 얼굴을 잠깐 보고 지나쳐 버리는 중생들
이 많다. 그들은 나와 아무 깊은 관계가 없는 사람들이다. 그러
나 그런 하잘것없는 인연도 전생에 5백 번 만난 사람이라야 그

것이 이루어진다고 한다. 한 지붕 밑에서 한 솥의 밥을 먹으면서 일생 동안 같이 살아가는 부모 자식, 아내, 형제자매는 아마 전생에서 수억 번 만난 인연의 결과요, 산물일 것이다. 그렇게 생각하면 내가 만나는 사람은 더욱 소중하게 여기게 된다.

우리는 10여 명의 인간과의 깊은 만남 이외에 고인(古人)들과 만나게 된다. 그것은 주로 독서를 통해서 이루어진다. 독서는 옛사람과의 깊은 정신적 만남이다. 책을 읽으면서 우리는 고인을 만난다. 율곡도 만나고 원효, 퇴계, 만해도 만난다. 공자의 음성도 듣고, 노자의 말도 듣고, 이태백의 시도 만난다.

또 성인인 예수, 석가, 공자도 만나는 행운도 누린다.

만일 책이 없다면 우리는 절대로 그분들과 정신적으로 만날 수가 없다. 시공을 초월하여 동서고금의 위인들과 깊은 정신적 만남은 오직 책을 통해서 뿐이다. 그러므로 책처럼 위대한 것이 없다. 나라가 망해도 책은 남는다. 책은 정신을 담는 그릇이요, 말씀의 집이요, 사상의 창고요, 얼의 결정체다. 서로 인연이 깊었기 때문에 그분을 좋아하고 그 어른의 말에 감명을 받는 것이다. 그런 위인도 10여 명밖에 되지 않는 것 같다.

한국인으로서 율곡과 광개토대왕이 있고, 절세가인 허난설헌과 황진이가 있다. 서양인으로서는 링컨, 칸트, 괴테, 톨스토이,

휘트먼이 있다.

 이 20여 명의 존재가 나의 보배요, 나의 사랑이요, 나의 재산
이요, 나의 세계다.

 인생은 너와 나의 깊은 만남이다. 만남처럼 소중한 것이 없
고, 만남처럼 뜻깊은 것이 없다. 이런 만남이 우리의 인생을 풍
요롭게 만드는 것이다.

퍼스트 레디의 남자들

*여자는 악마와 싸워도 이기는 책략을 알고 있다.

-프랑스-

프랑스의 퍼스트 레디 부르니는 1967년 12월 생으로 이탈리아 출신의 가수이자 모델이며 전 프랑스 대통령 니콜라 사르코지의 아내이다.

프랑스의 영부인이 된 후에도 젊은 음악가와 바람을 피웠고, 누드 사진이 화제가 되기도 하였다. 그녀가 관계를 가진 남자는 7명 이상으로 신문에 난 유명인사만 7명이다.

1. Louis Bertignac.
2. Mick Jagger Eric Clapton.
3. Laos Carax.
4. Charles Berling.
5. Arno Klarsfeld.
6. Vincent Perez.
7. Laurent Fabius.

북한 방문기

*민족이 먼저다. 민족의 영광을 위해 각자 매진해야 한다.
―탈무드―

세브란스병원 외국인 진료소장 인요한 박사는 의료봉사 차 북한을 30차례 방문했던 북한 전문가이며 의사다. 다음은 북한 경험담 중 하나이다. 그는 퍼주기는 없다며 동서독 당시에 비하여 우리는 겨우 36분의 1정도로 북한을 도왔다는 것이다. 북한의 공갈 협박 등은 '약자의 선택'이라고 한 사람이다. 약자가 할 수 일은 별로 없기 때문이란다. 하긴 형제 중에서 제일 못 사는 형제가 행패를 부리는 법이니 인 박사의 말이 맞는 거 같다.

'청진 관광 여관'에 도착을 했어요. "우리는 제일 싼 방 주세요." 그러면 그 쪽 얘기는 항상 똑같아요. "3등실 돈 가지고 일등실에서 주무세요." 호텔 선심이거든요.

"위대한 장군님이 주무셨던 방에 가서 자라."고 해서 호기심에 갔더니 '몇 월 며칠 위대한 장군님이 거기서 주무셨답니다.'

다음 목욕을 하고 싶은데 완전 녹물이에요. 관이 오래됐거든요. 그 다음에 더운물 갖고 목욕을 시작했을 때 여러분은 거짓말 같으실 텐데요. 갑자기 세상이 새까만 거예요. 정전이 된 겁니다. 온 호텔방을 기어 다니며 배낭 속에 플래시를 찾는데 한 3분 걸렸어요. 찾아가지고 왔는데 처음에 3분 보냈죠, 찾는데 3분 보냈죠, 그래서 한 3분밖에 안 남았어요.

귀국해서 나중에 연희동 공중목욕탕에 갔는데 아주 불이 훤하더라고요. 갑자기 청진 생각이 나는 거예요. 찬물도 퀄퀄 나오고 더운물도 퀄퀄 나오고. 제가 벽을 보고 혼자서 울기 시작했어요. 너무 너무 고마워서, 마음껏 목욕하는 거 한 번도 고맙게 생각한 적이 없는데 그냥 눈물이 나는 거예요. 아버지 장례식 때도 안 울었는데.

우리는 지금 다 재벌 같이 삽니다. 여러분들이 신세대 여러분에게 다 얘기해야 됩니다.

여행갈 수 있는 것, 자기 차를 운전할 수 있는 것, 친구 만날 수 있는 것, 통닭하고 생맥주 마실 수 있는 것, 따뜻한 방에서 자는 것, 여름에는 다 에어컨 켜고 지내는 것. 모두가 북한에 비하면 재벌입니다.

여러분 우리에겐 소중한 것이 많습니다. 이 나라를 우리가 잘 지켜나가야 됩니다.

-서근석 요약-

내 인생의 로또

*하늘은 행운으로 재물을 주는 자에게는 또한 걱정도 함께 준다.

-탈무드-

내 인생의 로또는 세 가지 액체이다. 피와 눈물과 땀이다.
피는 용기, 눈물은 정성, 땀은 노력이다.

로또 180억 당첨자가 노숙자

*우연히 찾아온 행운은 어쩐지 수상하다.

-오스카 와일드-

찬란한 봄이었다. 2002년 월드컵이 한창일 때 영국에서 로또
당첨금 970만 파운드(한화 약 180억 원)나 거머쥐었던 행운아
가 있었다. 청소원 마이클 캐럴(26)이다.

그 행운아는 10년도 못되어 빈털터리가 된 채 실업수당으로
근근이 살아가는 사연을 최근 언론에 공개해 화제다.

영국 일간 '메일'에 따르면 캐럴은 8년 사이 마약, 도박·매춘으로 970만 파운드를 탕진하고 현재 주급 실업수당 42파운드로 살아가고 있다.

그는 2천 파운드짜리 코카인 등 마약을 날마다 흡입하고 호화저택에서 하루가 멀다 하고 마약, 술 파티를 열었다. 부인은 흥청망청 써 대는 남편에게 질려 딸을 데리고 그에게서 도망쳤다. 캐럴은 거리의 여인들에게 집착하기 시작했다. 그는 하루에 네 여성과 잠자리를 같이 한다며 떠벌리고 다녔다. 지난 8년 동안 총 2천여 명의 여성과 섹스에 탐닉하는 데 10만 파운드를 썼다고 떠벌렸다.

캐럴은 금 장신구와 고급 자동차 구입에도 돈을 물 쓰듯 썼다. 그러나 그의 잔치는 오래가지 못했다. 8년 만에 끝났다. 그는 "파티가 끝나고 현실로 돌아왔지만 1주에 1백만 파운드로 사는 것보다 42파운드로 사는 게 더 행복하다"고 고백하였다. 인생을 다시 한 번 생각하게 한다.

극작가 오스카 와일드의 '우연히 찾아온 행운은 어쩐지 수상하다.'라는 명언이 떠 오르는 순간이다.

담배 니코틴

예술의 나라 프랑스 외교관 존 니코트는 귀국 선물로 미국 플로리다 산 담배나무 연초를 받아 자신의 정원에 심었다. 연초가 잘 자라고 주변에 보급을 해서 담배를 처음 수입한 인물로 기록되었다.

그의 이름을 따서 담배의 주성분을 '니코틴'이라 했다.

네이처Nature지誌 선정 세계의 10대 천재

천재란 한 덩어리의 큰 돌이다. 거기에 노력과 정성을 더하면 무엇이든지 이루어진다.

　　　　　　　　　　　　　　　　　　　　-탈무드-

영국의 세계적인 과학전문지 〈Nature〉는 인류 역사를 바꾼 세계의 천재 10명을 선정해 발표하였다. 선정 단체가 권위 있는 과학단체인 만큼 '과학자'라는 이름으로 불리는 천재들이라 흥미를 끌기에 충분하였다. 영광의 1위 자리에는 과학자이자 화가로서의 이름으로 잘 알려진 레오나르도 다빈치가 올랐다.

신의 능력에 가깝고, 창조의 영역에서 재능을 발휘했던 천재들의 신화를 살펴보자.

1. 레오나르도 다빈치

최초의 과학자이며 르네상스 시대의 인류 역사상 가장 천재적인 화가인 레오나르도 다빈치. 다빈치의 미술 작품은 치밀하도록 과학적인 그의 생각과 밀접하게 연결되어 있다. 특히 그의 미술 작품에 나타나는 완벽한 조화와 신비로움을 생각한다면 그의 이름 앞에 붙은 '과학의 예술가'라는 수식어가 전혀 어색하지 않다. 다빈치의 두드러지는 특징은 21세기에도 맞는 그 누구보다도 다방면에서 재능을 발휘했다는 점이다.

그는 미술, 음악, 건축, 군사공학, 도시계획, 비행 기계의 고안을 포함한 다양한 발명과 함께 해부, 요리, 식물학, 의상 및 무대 디자인, 해학 등 수많은 분야에서 특출한 재능을 발휘했다. 인류 최초의 비행으로 기록된 라이트 형제의 역사적 발명품의 시초가 된 비행기 설계는 레오나르도 다빈치에 의해 처음 이루어졌다고 하니 그의 천재성은 정말 놀랍다.

'인류 최고의 창조적 천재'이다.

2. 윌리엄 셰익스피어

천재하면 떠오르는 대표적 인물이다. 위대한 심리 치료사, 다재다능한 전형적인 문학가인 셰익스피어가 두 번째로 선정된

데에는 어딘지 모순이 있는 듯하다. 하지만 셰익스피어는 〈햄릿〉, 〈오셀로〉, 〈리어왕〉 등 불후의 명작만 남긴 게 아니다. 시인이자 극작가로서 삶의 희비극을 가장 밝은 눈으로 꿰뚫어 보고 생각의 깊이를 제공한 선지자였다. 얼마 전에는 런던 그린필드대 경영대학원에서 '경영자를 위한 셰익스피어 강좌'를 열어 화제를 모았는데, 셰익스피어 작품에 나오는 등장인물의 캐릭터와 역할을 바탕으로 인간 경영과 인사관리 등의 리더십을, 극중 주인공 간의 함수관계로 기업 인수·합병, 공동 가치 추구 등의 경영 기술을 강의했다. 셰익스피어는 다른 사람의 몸속에서 자신을 심리적으로 재생시키는 작업을 통해 수많은 종류의 인생을 살았던 인물이다.

3. 요한 볼프강 괴테

괴테는 어려서부터 라틴어, 희랍어, 음악, 미술 등 다방면에서 재능을 보였으며 23세 때 〈젊은 베르테르의 슬픔〉, 24세 때 〈파우스트〉, 33세 때 〈빌헬름 마이스터의 수업 시대〉를 완성하여 다작가이면서도 세계 3대 문호로 평가받는다. 또한 괴테는 정치가, 행정가, 교육자, 과학자로서 역동적인 삶을 살았던 인물이다. 다른 한편으로는 식물학·해부학·광물학·지질학·색채론 등에 몰두하여 전방위적인 재능을 펼쳤다.

그의 〈색채론〉은 20여 년에 걸쳐 연구한 오랜 실험의 결과물이다. 미술에도 조예가 깊었던 괴테는 1786년 이탈리아 여행 시 그곳의 다양한 예술 작품을 접하면서 실용적인 차원에서 채색의 규칙과 법칙의 필요성을 절감했고, 이탈리아에서 돌아와 본격적으로 색채 연구에 들어갔다. 색채에 대한 그의 실험 정신이 없었다면, 지금 우리가 살고 있는 세상에는 7가지 색밖에는 존재하지 않았을 것이다.

4. 피라미드를 만든 이집트인

네 번째 천재는 불가사의를 창조해 낸 사람들에게 돌아갔다. 피라미드는 이집트 왕가 무덤의 한 형식인 인류 역사상 가장 위대한 건축물 가운데 하나이자 세계 7대 불가사의 중 첫 번째에 해당한다. 제4대 왕조였던 쿠푸 왕의 지휘 아래 약 10만 명의 인부가 3개월씩 교대하여 30년 이상 걸렸다는 기록이 남아 있다.

쿠푸 왕의 피라미드 높이는 137m로 40층 건물의 높이와 같으며, 무게도 6백만 톤이나 된다. 피라미드를 건설한 사람들이 천재의 범주에 포함된 이유는 아직까지 밝혀지지 않은 피라미드의 특성 때문일 것이다. 피라미드의 한가운데와 높이의 3분의 2 지점에 어떤 물체를 놓아두면, 그 물체는 흔히 일어나는 변화를 겪지 않는다. 꽃은 본래의 빛깔을 잃지 않고 마르며, 쌀은 썩지 않고 굳고, 날카로운 칼날은 무디어지지 않는다. 그 비밀을 알고 있는 사람들은 오직 그들, 피라미드를 건설한 이집트인들뿐이다.

5. 미켈란젤로

레오나르도 다빈치가 예술가로 이름을 날리기 시작할 무렵, 또 한 명의 천재가 르네상스의 탄생을 준비하고 있었다. 바로 미켈란젤로였다. 동시대를 살았던 다빈치의 천재성에 가려 '열등감에 가득 찬 고독한 예술가'로 평가절하되고 있지만, 사실 그는 다빈치보다 더 많은 작품을 남겼을 뿐 아니라, 바로크 예술의 선구자이기도 하다. 또 화가로서, 조각가로서, 건축가로서, 시인으로서 르네상스 시대에 부합하는 전형적인 르네상스 인물이었다.

그의 대표작은 시스티나 예배당의 천장화와 '최후의 만찬'이다.

6. 뉴턴

뉴턴이 천재성을 발휘한 부분은 풀이가 가능한 문제를 만들어내는 능력이었다. 당대의 학자들이 '빛은 무엇인가'라는 형이상학적 문제에 빠져 있을 때, 뉴턴은 눈으로 검증할 수 있는 빛의 성질에 주목했다. 또한 자신이 상정한 문제를 해결하기 위해 실제로 실험해 보고 자신의 눈으로 확인하기 전까지는 어떠한 견해도 받아들이지 않았다.

광학에 관한 실험은 일반인들도 따라할 수 있을 만큼 간단한 것이지만 중요한 것은 실험이 얼마나 복잡하고 까다로운지가 아니라, 실제 실험을 통해 당시 유행하던 스콜라 철학자들의 사고 실험이 갖는 한계를 벗어났다는 데 의의가 있다. 또한 뉴턴은 기존의 지식을 습득할 때도 기억하는 데 머무르지 않고 깊이 이해할 때까지 읽고 또 읽는 스타일이었다. 집중력과 끈기, 노력을 몸소 실천한 뉴턴에게 한순간의 번득이는 영감이나 천재성이라는 말은 그의 창조성을 설명하기에 적절하지 않다.

빛의 구성을 논한 그의 대표적인 저서 〈광학〉은 30여 년에 이르는 오랜 연구 결과이며, 만유인력 역시 사과에서 아이디어를 얻어 발표하기까지 20년이 넘는 시간 동안 발전된 개념이다.

7. 토머스 제퍼슨

토머스 제퍼슨은 미국의 제3대 대통령이다. 미국 독립선언서의 기초를 잡았던 인물이자 미국인들이 뽑은 가장 존경하는 대통령 중에 한 명인 그가 어떻게 천재의 반열에 오를 수 있었는지 의아해 할 사람이 많을 것이다. 하지만 그 역시 전형적인 르네상스 형 인간이었다. 그가 도시 계획자이자 건축가였으며, 농학자이자 언어학자였으며, 또한 위대한 교육자였다는 사실을 아는 사람은 그리 많지 않다. 더욱이 오늘날 고고학계의 규범이 된 방법들을 이용해 최초로 과학적인 고고학 발굴을 한 과학자라는 사실을 알고 있는 사람은 더욱 드물다. 대통령이 되기 전 변호사로 일했던 제퍼슨은 재임 중에는 종교 · 언론 · 출판 자유의 확립에 주력한 뛰어난 정치가였으며, 캐나다 국경에서 멕시코만(灣)에 이르는 광대한 지역을 프랑스로부터 구입하여 현재 미국의 영토를 확립한 뛰어난 도시 계획자였고, 버지니아 대학교를 설립하여 민주적 교육의 보급에 노력한 뛰어난 교육자였다. 뿐만 아니라 철학, 농학, 언어학 등 다방면에 걸쳐 많은 사람들에게 영향을 주어 '몬티셀로의 성인'으로 불리었다.

생전에 자신이 직접 정해 놓았다는 묘비명 '미국독립선언의 기초자, 버지니아 신교자유법의 기초자, 버지니아대학의 아버지 토머스 제퍼슨 여기에 잠들다'라는 글귀가 그의 이러한 업적을 뒷받침해 주고 있다.

8. 알렉산더 대왕

필립포스 2세의 아들로서, 그리스·페르시아·인도에 이르는 대제국을 건설했던, 말 그대로 인류의 역사에 한 획을 그었던 인류역사상 가장 위대한 인물이다. 그가 10명의 천재 가운데 한 명으로 선정될 수 있었던 데에는 당시의 대학자였던 아리스토텔레스의 영향이 컸다. 마케도니아 수도인 펠라의 궁정에 초빙되어 3년 동안 알렉산더 대왕에게 윤리학, 철학, 문학, 정치학, 자연과학, 의학 등을 가르쳤기 때문이다. 학자를 대동하여 각지의 탐험측량 등을 시킨 일, 변함없이 그리스 문화를 숭배한 일 등은 스승의 영향을 받은 것이라고 한다. 무엇보다 그는 뛰어난 전략, 전술가였다.

페르시아 원정을 시작으로 페르시아 함대의 근거지인 시리아, 페니이카를 정복한 다음 이집트와 인도의 인더스 강에 이르는 유럽, 아시아 대륙까지 점령한 그는 단 한 차례를 제외하고는 패한 적이 없을 만큼 뛰어난 전술을 자랑했다. 또한 그는 자기가 정복한 땅에 '알렉산드리아'라는 이름을 붙였는데 33세의 일기로 죽기까지 그가 이름 지은 도시가 자그마치 70개에 달했다. 이 도시들은 그리스 문화의 거점이 되었고, 헬레니즘 문화의 형성에 큰 영향을 미쳤다.

9. 피디아스

건축 역사상 건축가가 밝혀진 몇 안 되는 건축물인 제우스 신상과 파르테논 신전의 아테나 여신상. 이 두 작품의 총지휘를 맡은 이가 바로 피디아스이다. 고대 그리스인들은 최고의 신 제우스가 비바람은 물론 천둥과 벼락을 만드는 신이라고 믿었다. 때문에 도시마다 제우스신을 모신 신전을 짓고 성대한 제사를 지냈는데, 그 중에서도 압권은 올림피아에 안치된 제우스 신상이었다.

제우스 신상은 신전이 건설된 후 40년이 지났을 때 피디아스에게 주문되었는데, 8여 년의 작업 끝에 높이 90m, 길이 10m, 폭 6.65m 크기의 신상이 완성되었다. 이와 같이 거대한 신상임에도 불구하고 피디아스는 제우스의 신성한 위엄과 너그러움을 완벽하게 표현했다는 평을 받고 있다. 고대인으로 유일하게 선정된 인물이다.

10. 아인슈타인

20세기 초 특수상대성이론과 일반상대성 이론을 완성함으로써 근대 물리학의 새로운 패러다임을 제시한 위대한 과학자이다. 20세기가 낳은 최고의 천재 물리학자로 지칭되는 그가 고작

10위에 오를 수밖에 없는 이유는, 다른 9명의 천재들에 비해 과학 분야에서만 뚜렷한 업적을 이루었기 때문일 것이다. 다시 말해 과학 분야에서는 '최고'라 칭해도 부족함이 없으리라. 하지만 아인슈타인은 한낱 실험실과 과학적인 사고에 갇힌 천재는 아니었다.

그는 공공연히 자신이 사회주의자임을 밝히는가 하면 1950년대 미국 매카시즘의 광풍에 맞서 불복종운동을 전개했던 진보적 지식인이었으며, 그 무엇보다도 전쟁의 영원한 종식을 꿈꾼 반전 평화주의자였다. 이론물리학에 기여한 업적으로 노벨물리학상을 받았다.

-네이처-

SNS와 스마트 안티

　20,30 세대와 50,60 세대 간의 갈등이 심각하다.

　한 집안의 할아버지와 아버지 그리고 손자 간의 견해가 전혀
다르고, 의사소통이 되지 않는다. 특히 시국에 대한 이야기는
금기시되어 있다. 별천지에 살고 있는 것과 같다. 어느 면에서
는 단순한 세대 간의 차이가 아니라 서로가 거의 이해할 수 없
는 '적과의 동침'과도 같은 상황이 되었다 이들 간의 대화의 창
이 열리지 않는 한 앞으로 세대 간의 갈등은 더욱 더 심화될 것
이다. 정보를 얻는 데가 다르다.

　20,30 세대는 눈을 뜨자마자 휴대전화로 트위터에 접
속한다. 이렇게 이들은 인터넷과 함께 성장하였기 때문에
'SNS(Social Network Service)세대'라고 불리기도 한다. 이들
은 신문과 방송 등 정제된 뉴스를 가까이하지 않는다. 오직 트
위터에 떠도는 정보에만 의존하고 있다.

그러나 50,60 세대는 신문이나 방송을 통하여 정보를 얻는다. 자기 자신의 생각을 정리한 뒤에 자신의 의견을 피력한다. 이들 세대는 인터넷과는 거리가 너무나 멀다. 이렇게 서로 다른 정보를 얻기 때문에 세상을 보는 눈이 서로 다르다. 나아가서는 '이념의 벽'이 점점 두터워지고 있다. 서로 다른 문화 속으로 빠져들고 있다.

20,30 세대의 감성적인 문화

국내에 SNS 가입자는 1500만 명을 넘어서고 있다 청소년들의 대다수가 가입하고 있는 현상이다. 이들은 오직 SNS만을 적극 활용하는 감성적인 대화 세대이다. 옳고 그르고를 가리기 전에 무조건 트위터의 내용을 받아들인다. 이렇게 이들은 문화적으로 크게 다르다. SNS 세대는 그들만의 세상을 만들어 가고 있다. 전통적인 매체를 통하여 정보를 얻고, 이성적인 당론의 대화를 하는 50,60 세대와는 완전히 딴판이다. 북한의 천안함 폭침 사건에 있어서, 해외의 전문가들이 참여한 다국적 조사단은 '북한 어뢰에 맞아 침몰하였다.'는 결론을 내렸다

그러나 SNS 세대는 이를 인정하지 않는다. 오직 트위터 등 SNS에 나도는 내용만을 믿는다. 같은 시간과 공간 속에서 동일한 사건을 경험하였음에도 불구하고 20,30 세대는 헬 조선이라며 반대한민국적인 사고방식에 사로잡혀 있다.

SNS 세대는 SNS로 선거에 개입한다.

아무리 올바른 말을 해도 기성세대의 소리는 잘못된 것으로 믿는다. 야권의 반국가적인 행위와 비도덕적인 행위를 고발해도 네거티브 선동으로 치부한다. 그러나 SNS 상에 나도는 여권에 대한 네거티브는 전적으로 신뢰한다. 어떻게 올바른 선거가 될 수 있겠는가. 투표를 거부하는 선동에는 잘 따르고, 투표를 하라는 말에는 잘 따른다. 무상급식 투표 때도 그랬고, 서울시장 선거에서도 그랬다.

SNS는 20,30,40 세대의 '놀이터'가 되고 있다. '물밑 선거운동'을 통하여 공권력에 도전하고 있다. 선관위가 '투표 합시다'라는 것은 불법이지만 '투표했다'는 합법이라고 하였다. 그러자 '투표하셨어요? 는 합법이냐 아니면 불법이냐고 조롱하고 있다.

20,30,40 세대는 기성 정치권을 모두 다 똑같다고 생각하며, 불신하고 있다 스마트 안티는 여당이나 야당이나 결국은 방법론이 다를 뿐 자기 밥그릇만 챙기는 것은 다 똑 같다고 생각한다. 자기들에게 도움이 되는 정책이 없다고 생각한다.

그러나 우리사회는 이제 이들의 말에 귀를 기울여야 한다. 이들의 우리의 미래이고 재산이기 때문이다. '스마트 안티'를 '스마트 청춘'으로 만들 방법을 찾아야 한다. 그리고 우리 사회는 이 같은 아픈 청춘들을 위로하고 사랑해야 한다.

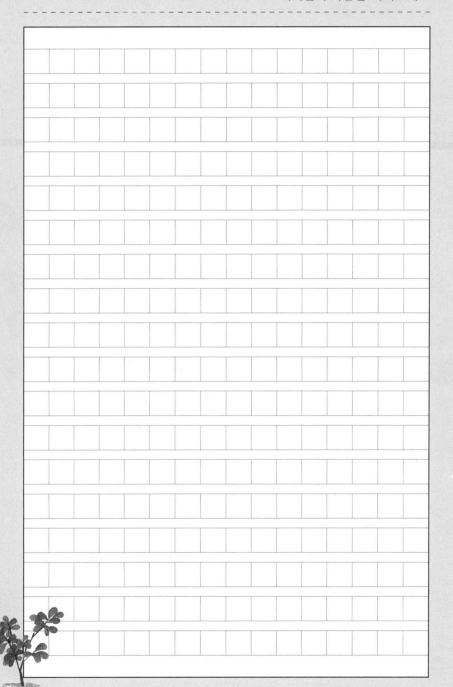

미
래
탈
무
드

제3장
미래의 행복

늘 행복한 사람

*행복은 자신의 뜰 안에 있다. 사람들은 남의 뜰 안에서
행복을 찾는다.

−탈무드−

늘 불행하다고 생각하는 사람이 있었다.

부모복도 없고 여자복도 없고 직장복도 없고 돈복도 없는 그
가 어느 날 늘 웃고 사는 행복한 사람을 찾아갔다. 그런데 늘 행
복한 사람한테도 늙고 못 배운 부모님이 계셨다. 아내도 미인이
아니었고 평범한 월급쟁이에 집도 형편없이 작았다.

늘 불행한 사람이 물었다

"행복할 거라고는 하나도 없는데 뭐가 그리 즐거우세요?"

늘 행복한 사람은 늘 불행한 사람을 데리고 길 건너편에 있는
병원으로 갔다. 수술실 앞에서 초조해 하는 사람들 병실에서 앓
고 있는 사람들, 주사를 꽂은 채 휠체어를 굴리며 가는 사람들

그리고 영안실에서는 울음소리가 높았다. 병원을 나서면서 늘 행복한 사람이 말했다.

"보시오. 우리는 저들에게 없는 건강이 있으니 행복하지 않은가요? 날 걱정해 주는 아내와 귀여운 아이들이 있으니 행복하지 않은가요?"

"나는 불행을 느낄 때마다 숨을 크게 쉬어 봅니다. 공기가 없다면 죽게 되겠지요. 그런데 공기가 있지 않은가요. 마찬가지로 없는 것보다는 있는 것을 생각하면 평화가 오지요. 죽어서 묘자랑을 하느니 살아서 꽃 한 송이를 소중히 여기는 것이 행복의 비결입니다."

없는 것을 욕심부리지 아니하고 갖고 있는 것에 항상 감사하고 행복을 느낄 줄 아는 사람이 늘 행복한 사람입니다.

아침에 행복해지는 글

가장 큰 행복은 사랑을 하는 거고, 그 사랑을 고백하는 것이다.

-앙드레 지드-

"오늘"이란 말은 싱그러운 꽃처럼 풋풋하고 생동감을 안겨줍니다.

마치 이른 아침 산책길에서 마시는 한 모금의 시원한 샘물 같은 신선함이 있습니다.

사람들은 누구나 아침에 눈을 뜨면 새로운 오늘을 맞이하고 오늘 할 일을 머릿속에 떠올리며 하루를 설계하는 사람의 모습은 한 송이 꽃보다 더 아름답고 싱그럽습니다. 그 사람의 가슴엔 새로운 것에 대한 기대와 열망이 있기 때문입니다.

그렇지 않은 사람은 오늘 또한 어제와 같고 내일 또한 오늘과 같은 것으로 여기게 됩니다. 그러나 새로운 것에 대한 미련이나 바람은 어디로 가고 매일 매일에 변화가 없습니다. 그런 사람들에게 있어 오늘은 결코 살아 있는 시간이 될 수 없습니다. 이미 지나가 버린 과거의 시간처럼 쓸쓸한 여운만 그림자처럼 남아 있을 뿐입니다.

오늘은 '오늘' 그 자체만으로도 아름다운 미래로 가는 길목입니다.

그러므로 오늘이 아무리 고달프고 괴로운 일들로 발목을 잡는다 해도 그 사슬에 매여 결코 주눅이 들어서는 안 됩니다. 사슬에서 벗어나려는 지혜와 용기를 필요로 하니까요. 오늘이 나를 외면하고 자꾸만 멀리 멀리 달아나려 해도 그 오늘을 사랑해야 합니다.

오늘을 사랑하지 않는 사람에게는 밝은 내일이란 그림의 떡과 같고 또 그런 사람에게 오늘이란 시간은 희망의 눈길을 보내지 않습니다.

사무엘 존슨은 "짧은 인생은 시간의 낭비에 의해서 더욱 짧아진다."라고 했습니다. 이 말의 의미는 시간을 헛되이 하지 말라는 것입니다.

오늘을 늘 새로운 모습으로 바라보고 살라는 것입니다. 누구에게나 늘 공평하게 찾아오는 삶의 원칙이 바로 "오늘"이니까요.

행복의 세 가지 조건

행복은 건강하고, 재물이 있고, 학식이 있는 사람에게 찾아온다.
−탈무드−

행복은 보통 세 가지가 있어야 한다.

첫째, 자기가 좋아하는 일을 할 수 있어야 한다. 예술가는 자기가 하고 싶은 일을 하면 항상 즐겁다. 교육자는 가르치는 데서 보람을 느끼고 생기가 돈다. 정상 등정을 목표로 훈련하는 등반가는 행복하다. 독립투사는 독립운동이 많은 희생이 따르고 힘들더라도 행복감을 느끼곤 한다.

둘째, 꿈과 희망이 있어야 한다. 구멍가게 아저씨는 매일 저녁 하루 수입을 정리하면서 몇 년 후에는 현재 월세 내는 가게를 내가 살 수 있겠다는 생각에 행복을 느낀다. 과거 세대는 헝그리 정신이 있어서 교장을 정년퇴직하고도 경비로 취직을 한다. 요즘 50대의 취업자 수가 20대를 능가한다는 보도가 이를 뒷받침한다.

그러나 요즘 신세대들은 부모 세대가 이룬 성과 덕분에 선진국 부럽지 않게 자랐으나 과거 세대에 비해 행복하지는 않을 것 같다. 오늘 젊은이들은 현재 수준이 과거보다 높기 때문에 꿈과 희망을 더 높게 잡게 되니 성취하기는 어려워 불행을 더 느끼게 되는 것 같다.

셋째 행복의 조건은 건강이라고 본다. 얼마 전 대중들에게 행복전도사라며 행복을 강의하던 사람이 자살한 적이 있었다. 투병생활이 너무 힘들어 불행하여 자살했다고 한다. 아무리 자신의 일이 좋아도 건강을 잃으면 아무 소용이 없다. '건강을 잃으면 모든 것을 잃는다.'는 말은 명심하여야 할 것이다.

'건강이 경쟁력이다.'라는 하버드대의 경구가 가슴에 새겨진다.

행복 12가지 방법

자기 스스로 행복하다고 생각하는 사람은 행복한 사람이다.

−영국−

1. 좋아하는 일을 하라.
2. 즐겁게 행동하라. 행복한 표정을 짓고 낙천주의자가 되라.
3. 가장 좋은 친구는 바로 자신이다. 자책하거나 자신에게 불가능한 요구를 하지 마라.
4. 자신에게 작은 보상이나 선물을 하라.
5. 친구와 가족을 위해 시간과 노력을 투자하라.
6. 현재를 즐겨라. 문제가 발생하면 낙천적으로 생각하라.
7. 인생의 즐거움을 만끽하라.
8. 시간을 잘 관리하라. 상위목표를 세우라.
9. 스트레스와 역경을 헤쳐 나갈 수 있는 나름의 방법을 준비하라.
10. 음악을 들으라. 휴식과 자극을 동시에 느낄 수 있다.
11. 활동적인 취미를 가지라.
12. 자투리 시간을 생산적으로 활용하라.

철학자의 행복론

*인간은 신의 세계에 참여함으로써 만이 행복하다.

－탈무드－

*먹고 입고 살고 싶은 수준에서 조금 부족한 듯한 재산.
*모든 사람이 칭찬하기에 약간 부족한 용모.
*자신이 자만하고 있는 것에서 사람들이 절반 정도밖에 알아
주지 않는 명예.
*겨루어서 한 사람에게 이기고 두 사람에게 질 정도의 체력.
*연설을 듣고서 청중의 절반은 손뼉을 치지 않는 말솜씨.

그가 생각하는 행복의 조건들은 완벽하고 만족할 만한 것들
이 아닙니다.
조금은 부족하고 모자란 상태입니다.

재산이든 외모든 명예든 모자람이 없는 완벽한 상태에 있으
면 바로 그것 때문에 근심과 불안과 긴장과 불행이 교차하는 생
활을 하게 될 것입니다.

적당히 모자란 가운데 그 부족한 부분을
채우기 위해 노력하는 나날의 삶 속에
행복이 있다고 플라톤은 생각했습니다.

삼천 원이 가져다 준 행복

*행복은 만족 속에 숨어 살고 있다.

-탈무드-

그날따라 대형 할인점에는 발 디딜 틈 없이 사람들로 넘쳐나고 있었습니다. 주말이라 사람들이 워낙 많아서 계산대 역시 북적거렸습니다.

지루하게 줄을 서서 기다리는데 바로 앞에 서 있는 여섯 살쯤 된 여자아이가 눈에 띄었습니다. 옷은 초라하게 입고 있었지만 눈매가 총명했으며 착하고 똘똘해 보였습니다. 내 눈길을 한 번 더 잡아끈 것은 그 아이가 들고 있는 작은 꽃병이었습니다.

'저 꽃병 하나 사려고 이렇게 오래 줄을 서 있다니. 아이 엄마는 어디 갔지?'

그 아이는 자기 차례가 오자 깨질세라 꽃병을 계산대에 조심스럽게 올려놓았습니다. 계산원은 기계적으로 바코드에 계산기를 갖다 댔고 가격을 말해줬습니다.

"6천 8백 원이다." 아이가 깜짝 놀란 표정으로 되물었습니다.

"6천 8백 원이라고요. 이상하다 4천 원이라고 했는데요."

"네가 선반에 붙은 가격표를 잘못 봤나 보구나. 위쪽에 붙어 있는 가격표를 봐야 하는데 밑에 있는 가격표를 봤구나."

"4천 원밖에 없는데…" 아이가 기어 들어가는 목소리로 말했습니다.

순간 나는 계산대에 눈길을 고정시키고 가만히 있는 아이의 눈에 눈물이 맺히는 것을 보았습니다.

"어떻게 할 거니? 다른 걸 골라오든지, 아니면 집에 가서 돈을 더 가지고 와라." 아이는 꿈쩍도 하지 않았습니다. 그때 보다 못한 내가 얼른 천 원짜리 세 장을 계산원에게 내밀었습니다.

"이걸로 일단 계산해 주세요."

"이 아이를 아세요?"

"아니요. 그냥 해주세요."

계산이 끝나자 아이는 계산대 옆에서 내가 나오기를 기다리고 있었습니다. 내가 계산을 한 후 카터를 밀고 나오자 아이가 내 앞으로 와서 고개를 숙였습니다.

"아줌마, 고맙습니다."

아이는 조그만 손으로 거스름돈 2백 원을 내밀었습니다.

"그건 놔둬라. 엄마는 어디 가셨니?"

"엄마는 지난여름에 돌아가셨어요."

아이가 고개를 푹 숙이며 말했습니다.

"지난번에 엄마 산소에 갔는데 엄마 산소 앞에만 꽃병이 없었거든요. 거기 놓으려고요."

"그럼, 아빠하고 같이 오지 그랬니?"

"아빠는 병원에 계세요. 집에는 할머니밖에 안 계세요."

"아줌마가 하느님 부인이에요?" 아이가 감동하며 말했다.

무슨 보물이나 되는 것처럼 꽃병을 가슴에 안고 걸어가는 아이의 뒷모습을 보면서 가슴이 아팠습니다. 그날 밤 집으로 돌아와 늦은 시간까지 십자가 앞에서 기도를 했습니다. '제발 그 아이가 더 이상 큰 아픔 없이 잘 자랄 수 있게 도와 달라고.'

단돈 3천 원으로 평생 잊지 못할 행복을 하나 선사받았습니다.

−프랑스−

행복

*행복의 계단은 미끄러지기가 쉽다.

−로마−

행복은 당신 옆에 한 부부가 살았습니다. 서로를 너무나 아끼고 사랑했던 처음의 서로의 모습은 간데없이 그들은 매일같이 헐뜯고 싸웠답니다. 어느 날 저녁, 늘 그랬듯이 그들은 서로를 헐뜯고 싸웠고 서로 등을 돌리고 잠자리에 들고 말았습니다. 남편은 이런 결혼 생활이 아니 자기의 인생살이가 싫었습니다.

아직 어두운 새벽 남편은 자살을 결심하고 밧줄을 들고서는 잠든 아내를 뒤로하고 마을 앞 언덕의 오디나무로 향했습니다. 오디나무의 줄기에 밧줄을 걸려고 몇 번이나 시도해 봤지만 번번이 실패하고 괜한 오디 열매만 수북하게 떨어졌습니다. 한참을 그러던 그는 허기가 졌고 나무에 기대앉아 오디 열매를 입으로 가져갔습니다. 놀랍게도 그 열매는 너무나 향기롭고 맛있었습니다. 몇 개의 오디 열매를 더 먹을 때 즈음, 학교에 가는 아이들이 보였습니다. 남편은 그 아이들에게 오디 열매를 하나씩 나누어 주었고 아이들은 입안에 열매를 넣으며 너무나도 좋아했습니다. 바로 그때 집에 있을 아내가 생각이 났습니다.

남편은 오디 열매를 한 아름 가지고 아내를 향해 뛰어갔습니다. 아직 침대에 누워 잠을 자고 있는 아내의 입에 남편은 오디 열매를 넣어 주었습니다. 남편이 준 향기로운 그 열매를 먹은 아내는 환한 미소를 지었습니다. 이제껏 남편과 다투었던 나쁜 감정도 더 이상 남편으로부터 사랑받지 못한다고 생각했던 암울한 마음도 그 향기로운 오디 열매 하나로 말끔히 사라지게 된 것입니다.

남편과 아내는 이제 더 이상 싸우질 않았습니다. 더 이상 바랄 것이 없었기 때문입니다. 행복이란 그렇게 먼 곳에 있는 것이 아닙니다. 아주 작고 하찮게 여기던 우리 주위의 모든 것들이, 사실은 우리를 가장 행복하게 하는 전부라는 사실을 잊고 살아가기 때문에 불행하다고 느끼는 것이 아닐까요. 잘 찾아보세요, 분명 당신 곁에 오디 열매가 있을 것입니다 행복은 결코 멀리에 있는 것이 아니랍니다.

-영화 체리나무 향기 중에서-

행복2

행복은 작습니다.

거창하고 큰 것에서 찾지 마세요.

멀리 힘들게 헤매지 마세요.

비록 작지만

항상 당신 눈앞에 있답니다.

행복은 공기입니다

때로는 바람이고 어쩌면 구름입니다.

잡히지 않아도 느낄 수 있고

보이지 않아도 알 수 있답니다.

행복은 소망입니다

끝없이 전달하고픈 욕망입니다.

하염없이 주고 싶은 열망입니다.

결국엔 건네주는 축복입니다.

행복은 당신입니다.

지금 이 순간 존재하는 당신입니다.

변함없이 사랑하는 당신입니다.

이미 당신입니다.

행복은 마음속에 있기에

늘 고운 생각으로 행복한 나날 되세요.

행복헌장

영국 BBC가 발표한 행복헌장이다.

심리학자, 경영컨설턴트, 자기계발전문가, 사회사업가 등으로 구성된 이른바 '행복위원회'를 만들었고 그 위원회가 발표한 '행복 헌장'이라는 걸 만들었다.

▣ **행복지침 17가지**

1. Friend : 친구가 있어야 행복하다.

2. Money : 돈이 행복에서 중요하다.

3. Works : 당신은 일할 때 행복을 느낀다.

4. Love : 세상을 움직이는 놀라운 힘, 사랑

5. Sex : 즐겁고도 행복한 성생활

6. Family : 가정, 행복이 시작되는 곳

7. Children : 아이들이 행복을 준다.

8. Food : 음식, 이제는 행복하게 먹자.

9. Health : 건강해야 행복하다.

10. Exercise : 운동 기분이 좋아지는 지름길,

11. Pets : 행복을 더해 주는 나만의 친구, 반려동물

12. Holidays : 휴가, 일상에서 벗어나 행복한 휴가 즐기기

13. Community : 공동체, 나와 세상을 이어주는 행복한 관계

14. Smile : 미소만으로도 내 삶이 배로 행복해진다.

15. Laughter : 행복을 부르는 기분 좋은 소리, 웃음

16. Spirits : 정신, 긍정의 씨앗을 뿌려 주는 행복의 길잡이

17. Job : 일을 즐기자.

행복하게 해 주는 생각들

힘들 땐 푸른 하늘을 볼 수 있는 눈이 있어서 나는 행복합니다.

외로워 울고 싶을 때 소리쳐 부를 친구가 있는 나는 행복합니다.

잊지 못할 추억을 간직할 머리가 내게 있어 나는 행복합니다.

슬플 때 거울 보며 웃을 수 있는 미소가 내게 있기에 난 행복합니다.

소중한 사람들의 이름을 부를 수 있는 목소리가 있기에 나는 행복한 사람입니다.

내 비록 우울하지만 나보다 더 슬픈 사람들을 도울 수 있는 발이 있어 나는 행복한 사람입니다. 내가 가진 것은 보잘 것 없지만 소중한 사람들을 위해 편지 하나 보낼 수 있는 힘이 있어 행복한 사람입니다.

내 가슴 활짝 펴 내 작은 가슴에 나를 위해 주는 사람을 감싸 안을 수 있어 나는 진정 행복한 사람입니다.

– 미찌꼬 인 –

추기경의 덕목

인생이란 자기와 신의 섭리와의 조절을 말한다.

―탈무드―

말

말을 많이 하면 필요 없는 말이 나온다. 두 귀로 많이 들으며, 입은 3번 생각하고 열라.

책

수입의 1%를 책을 사는 데 투자하라. 옷이 헤지면 입을 수 없어 버리지만 책은 시간이 지나도 위대한 진가를 품고 있다.

노점상

노점상에서 물건을 살 때 깎지 말라. 그냥 돈을 주면 나태함을 키우지만. 부르는 대로 주고 사면 희망과 건강을 선물하는 것이다.

웃음

웃는 연습을 생활화하라. 웃음은 만병의 예방약이며, 치료약이며, 노인을 젊게 하고, 젊은이를 동자로 만든다.

TV

텔레비전과 많은 시간 동거하지 말라. 술에 취하면 정신을 잃고 마약에 취하면 이성을 잃지만 텔레비전에 취하면 모든 게 마비된 바보가 된다.

성냄

화내는 사람이 언제나 손해를 본다. 화내는 사람은 자기를 죽이고 남을 죽이며 아무도 가깝게 오지 않아서 늘 외롭고 쓸쓸하다.

기도

기도는 녹슨 쇳덩이도 녹이며 1000년 암흑 동굴의 어둠을 없애는 한 줄기 빛이다.

주먹을 불끈 쥐기보다 두 손을 모으고 기도하는 자가 더 강하다.

기도는 자성을 찾게 하며 만생을 요익하게 하는 묘약이다.

이웃

이웃과 절대로 등지지 말라. 이웃은 나의 모습을 비추어 보는 큰 거울이다.

이웃이 나를 마주할 때 외면하거나 미소를 보내지 않으면 목욕하고 바르게 앉아 자신을 곰곰이 되돌아봐야 한다.

사랑

머리와 입으로 하는 사랑에는 향기가 없다.

진정한 사랑은 이해. 관용. 포용. 동화. 자기낮춤이 선행된다.

사랑이 머리에서 가슴으로 내려오는데 70년 걸렸다.

-김수환 추기경-

세상에서 가장 행복한 사람

인생이란 한 편의 아름다운 예술이다.

−로마−

영국의 런던 타임스가 영국인들을 대상으로 가장 행복한 사람을 조사했다. 의외의 결과가 나왔다. 상위에 뽑힌 네 사람은 뜻밖에도 소박한 시민들이었다.

1위는 바닷가에서 멋진 모래성을 완성한 어린이
2위는 아기를 목욕시킨 후 맑은 눈동자를 바라보는 어머니
3위는 멋진 공예품을 완성하고 손을 터는 예술가
4위는 죽어가는 생명을 수술로 살려낸 의사

행복한 사람들 중 재벌 귀족 정치인은 없었다. 행복은 보람 있는 일을 성취한 사람에게 주는 소중한 선물이다. 행복은 가만히 앉아서 기다리는 사람에게는 주어지지 않는다.

행복한 가정의 7가지 조건

가정에 여자가 없으면 악마의 집이 된다.　　　-탈무드-

1. 사랑

   잘못은 꾸짖고 잘한 것은 칭찬해 주는 양면성의 사랑이 있어야 합니다.

2. 유머

   유머는 가족 간의 정감을 넘치게 하는 힘이 있습니다.

3. 편안함

   피곤에 지친 몸을 편히 쉬게 할 수 있는 환경이 가정에 없으면 밖으로 나갑니다.

4. 대화

   가정에서 말동무를 찾지 못하면 전화방으로 갈 수밖에 없습니다.

5. 이해

   가정에서도 이해해 주지 않는다면 그 사람은 짐승들과 살수밖에 없습니다.

6. 인정

   가정에서 인정받지 못한 사람은 바깥에서도 인정받지 못하게 됩니다.

7. 돈

   가정에 돈이 없으면 매우 불편하고 불화가 많습니다.

행복은 노력

행복하게 지내는 대부분의 사람은 노력가이다.
게으름뱅이가 행복하게 사는 것을 보았는가.

노력의 결과로 오는 어떤 성과의 기쁨 없이는 그 누구도
참된 행복을 누릴 수가 없다.

수확의 기쁨은 그 흘린 땀에 정비례하는 것이다.
이 말은 『블레이크』가 한 말이다.

행복은 노력하는 사람의 것이란 말은 매우 설득력 있는 말이다.

높이 나는 새가 멀리 보고 새벽에 일찍 일어나는 새가 더 많
은 먹이를 먹는 법이다.
움직이는 사람에게 먹는 것이 생기는 것은 너무도 당연한 일
이다.

행복도 마찬가지다.
노력하는 사람만이 행복해질 수 있는 것이다. 행복은 노력이다.

하루를 행복하게 보내는 방법

가장 위대한 종교는 친절이다.   -법정-

1. 웃자: 오늘은 좋은 일을 생각하며 많이 웃자.
2. 칭찬: 남을 진심을 담아 칭찬해 보자.
3. 친절: 법정스님은 가장 위대한 종교는 친절이라고 했다.
4. 독서: 바쁜 시간 속에서도 책을 읽자.
5. 긍정: 항상 밝고 좋은 쪽으로 생각하자.
6. 인사: 내가 먼저 인사를 하자. 모르는 사람에게도 인사를 해보자.
7. 전화: 그리운 사람, 친구에게 전화를 하고 메일도 보내자.

세상에서 가장 행복한 국가

랍비에게 행복은 평생 공부를 하는 것이다.

−탈무드−

영국 레세스터(Leicester) 대학교는 최근 조사를 통해 세계에서 가장 행복한 국가의 순위를 꼽았다 세계에서 가장 행복한 국가는 바로 북유럽의 부국 덴마크가 선정됐다.

덴마크는 부와 자연의 아름다움, 적은 인구, 훌륭한 교육의 질, 잘 갖춰진 건강보험 체계 등을 갖고 있다.

덴마크의 뒤를 이어 스위스(2위), 오스트리아(3위), 아이슬란드(4위), 바하마(5위) 등이 상위권에 속했다. 핀란드(6위), 스웨덴(7위), 부탄(8위), 브루나이(9위), 캐나다(10위), 아일랜드(11위), 룩셈부르크(12위) 등이 뒤를 이었다.

세계 최강대국이며 자본주의의 정점에 서 있는 미국은 수많은 빈곤층과 불충분한 건강보험 제도 등으로 행복 순위가 23위에 그쳤다.

비즈니스위크 최신호는 이들 국가가 행복한 이유를 다음과 같이 설명하고 있다.

1위 덴마크 인구 550만 명, 기대 수명 77.8세, 1인당 GDP 3

만4600달러.

덴마크는 높은 삶의 질을 갖고 있으며, 빈곤층의 비중은 무시해도 좋을 수준이다. 덴마크는 높은 수준의 공공 서비스가 이뤄지고 있다. 덴마크가 1위를 차지하는 데 결정적인 역할을 한 것은 높은 교육 수준이다. 덴마크는 공립학교도 높은 교육의 질을 유지하고 있으며, 사립학교 역시 중산층이 충분히 감당할 수 있는 수준의 등록비를 받고 있다. 그다지 많지 않은 인구도 국민들에게 일치감을 주며, 덴마크의 뛰어난 자연의 아름다움 역시 평온을 준다.

−인터넷−

제4장
미래 사랑의 팡세

당.신.멋.져

세상에서 가장 강한 인간은 자기 자신을 통제할 수 있는 사람이다.
—탈무드—

돈 보다 잘난 거보다 많이 배운 거보다 마음이 편한 게 좋다.

내가 살려 하니 돈이 다가 아니고 잘난 게 다가 아니고 많이 배운 게 다가 아닌

소박함 그대로가 제일 좋다.

사람과 사람에 있어 돈보다는 마음을, 잘남보다는 겸손을, 배움보다는 깨달음을,

반성할 줄 아는 사람은 금상첨화이다.

남을 대함에 있어 이유가 없고 계산이 없고 조건이 없고 어제

와 오늘이 다르지 않은 물과 같이 한결같음으로 흔들림이 없는
사람은 평생을 두고 함께하고픈 사람이다.

살아오는 동안 사람을 귀하게 여길 줄 알고 그 마음을 소중히
할 줄 알고 너 때문이 아닌 내 탓으로 마음의 빚을 지지 않으려
하는 사람은 흔치 않다는 걸 배웠다.

내가 세상을 살아감에 있어 맑은 정신과 밝은 눈과 깊은 마음
으로 가늠의 눈빛이 아닌 뜨거운 시선을 보여 주는 그런 사람이
절실히 필요하다.

당. 당당하게 살자!
신. 신바람 나게 살자.
멋. 멋지게 살자.
져. 져 주고 살자.
-카카오 톡-

한국의 전설 황진이 허난설헌

동시대의 인물로 빼어난 미모, 양반과 기생 등 대비되는 인생
을 살고 불후의 명 시인으로
전설이 된 그들에게 찬미를 보내며 머리를 식혀 봅니다.
늘 베풀며 산 황진이와 허난설헌의 마지막 시입니다.
빛나는 두 여성의 유시를 감상하고 가시지요.

[황진이 유시]
바람 한 줄기 꽃 한 송이/밖에서 들려오는 사람들의 소리
모두 하나하나가 시였구나./인생이란 그대로 시였구나.

[허난설헌, 그 멋지고 아름다운 이름, 그리고 유시]
푸른 빛 바닷물이 고요한 바다에 스며들고
부용꽃 스물일곱 송이가 붉은 땅에 떨어지니
차가운 달빛 서리 위에서 차갑기만 하여라.

남에게 나를 주어 나를 비우면

*사람의 마음을 편하게 하는 세 가지는 좋은 노래, 아름다운 풍경,
 좋은 향기이다.

-탈무드-

마음이든, 물건이든
남에게 주어 나를 비우면
그 비운 만큼 반드시 채워집니다.
남에게 좋은 것을 주면 준 만큼
더 좋은 것이 나에게 채워집니다.

좋은 말을 하면 할수록 더 좋은 말이 떠오릅니다.
좋은 글을 쓰면 쓸수록 그만큼 더 좋은 글이 나옵니다.
그러나 눈앞의 아쉬움 때문에 그냥 쌓아 두었다가는
상하거나 쓸 시기를 놓쳐 무용지물이 되고 맙니다.
좋은 말이 있어도 쓰지 않으면 그 말은 망각 속으로
사라지고 더 이상 좋은 말은 떠오르지 않습니다.

나중에 할 말이 없어질까 두려워
말을 아끼고 참으면 점점 벙어리가 됩니다.

남녀의 등급

*여인들이여, 남편을 대할 때에는 야훼를 대하듯이 하라.

-탈무드-

남자

1등급 : 능력이 있다.

2등급 : 인물은 있다.

3등급 : 돈은 있다.

4등급 : 성질만 있다.

여자

1등급 : 마음도 곱다.

2등급 : 얼굴은 예쁘다.

3등급 : 요리는 잘한다.

4등급 : 바람만 들었다.

백수

1등급 : 명함도 있다.

2등급 : 할 일도 많다.

3등급 : 약속이 있다.

4등급 : 시간만 많다.

학생

1등급 : 친구들과 선생님이 모두 좋아한다.

2등급 : 친구들은 좋아한다.

3등급 : 매점 아줌마가 좋아한다.

4등급 : 오락실, PC방 주인만 반긴다.

대통령

1등급 : 국민들이 좋아한다.

2등급 : 야당에서 좋아한다.

3등급 : 여당에선 좋아한다.

4등급 : 적국에서 좋아한다.

−인터넷−

꽃미남 거지

*남의 자비로 살기보다는 거지로 생활하는 편이 낫다.

−탈무드−

거지도 용모를 따지는 세상이다.

패션 감각을 자랑하는 중국 미남 거지에 이어, 한국의 '신림동 꽃 거지'가 누리꾼 사이에서 화제가 되고 있다.

목격자에 따르면 허름한 옷을 입고 신림동 일대를 수년째 배회한다는 이 남성은 훤칠한 키에 몸매가 호리호리하며 배우 원빈과 이민기를 섞어 놓은 듯한 용모를 지니고 있다고 한다.

그는 절대로 구걸하지 않으며 언제나 시크한 표정과 모델처럼 당당한 포즈로 신림역을 지나다니는 사람들을 그저 바라보기만 한다고 한다. 일대에서는 이미 유명인으로 통한다. 굳이 구걸하지 않아도 돈과 음식을 주는 사람들도 많다고 한다.

'신림동 꽃 거지'의 사연은 이미 지난해 일부 언론을 통해 보도된 바 있으며, 누리꾼들의 비상한 관심 속에 현재 일부 포털 사이트의 급상승 검색어에 오르기도 했다.

김연아 이야기 '7분 드라마

고통 없인 얻는 것도 없다.
−김연아−

피겨스케이팅 세계챔피언이지만 자유와 평범함을 꿈꾸며 단순하고 깨끗한 O형에 안 먹는 거 빼곤 다 잘 먹는 꿈 많고 소탈한 스무 살의 피겨 스케이터였다.

피겨 여왕 김연아가 출간한 자서전 '김연아의 7분 드라마'에 쓴 자기소개다. '7분'은 피겨 스케이팅 경기의 쇼트 프로그램을 연기하는 2분 50초와 프리 스케이팅의 4분 10초를 합친 시간으로 김연아는 이 책에서 7분간의 최고 연기를 위해 13년 동안 아이스링크에 쏟아 부은 땀과 무대 뒷얘기들을 담담하게 털어놨다.

운동하는 로봇이라는 생각에 두 번이나 은퇴를 생각했던 시련기, 발에 맞지 않는 스케이트화 때문에 고통스러워 피겨를 그만둬야 하나 고민했던 시절, 2008년 국내에서 열린 4대륙 선수권대회 때 갑작스러운 부상으로 출전을 포기하고 남몰래 눈물을 흘린 사연도 공개했다. 'No pain no gain(고통 없인 얻는 것도 없다)'의 좌우명, 실수하거나 안 좋은 일이 있어도 '과거는 과거일 뿐 앞으로 잘하면 된다.'는 지론도 공개했다. 조금씩 부어오르는 것 같은데 도착하면 얼음찜질을 해야 하나, 진통제를 먹어야 하나, 해결 방법을 찾으려고 혼자 머리를 이리저리 굴리고 있었다. 그럴 때마다 잘된다고 하였다.

그래! 세상의 모든 일은 '고통 없이 얻는 것도 없다.'

퇴계의 여성관

여자는 남자보다 눈치가 빠르다. 그래도 사랑에 빠진 여자는 다른 사람의 충고에 귀를 기울이지 않는다.

-탈무드-

퇴계의 맏아들이 21세의 젊은 나이로 세상을 떠나자, 한창 젊은 나이의 맏며느리는 자식도 없는 과부가 되었습니다. 퇴계는 홀로된 며느리가 걱정이었습니다. 남편도 자식도 없는 젊은 며느리가 어떻게 긴 세월을 홀로 보낼까?' 그리고 혹여 무슨 일이 생기면 자기 집이나 사돈집 모두에게 누가 되지 않을까 하는 생각에서였습니다.

한밤중이 되면 자다가도 일어나 집안을 순찰하곤 했습니다. 어느 날 밤 집안을 둘러보던 퇴계는 며느리의 방으로부터 소곤소곤 이야기하는 소리가 새어나오는 것을 듣게 되었습니다. 순간 퇴계는 얼어붙는 것 같았습니다. 점잖은 선비로서는 차마 할 수 없는 일이지만 며느리의 방을 엿보지 않을 수 없었습니다. 그런데 젊은 며느리가 술상을 차려 놓고 짚으로 만든 선비 모양의 인형과 마주앉아 있는 것이었습니다. 인형은 바로 남편의 모습이었습니다. 인형 앞에 잔에 술을 가득 채운 며느리는 말했습니다.

"여보, 한 잔 잡수세요." 그리고는 인형을 향해 한참 동안 이런저런 이야기를 하다가 흐느끼기 시작하는 것이었습니다.

남편 인형을 만들어 대화를 나누는 며느리, 한밤중에 잠 못 이루고 흐느끼는 며느리, 퇴계는 생각했습니다. '윤리는 무엇이고 도덕은 무엇이냐? 젊은 저 아이를 수절시켜야 하다니.

저 아이를 윤리 도덕의 관습으로 묶어 수절시키는 것은 너무도 가혹하다, 인간의 고통을 몰라주는 이 짓이야말로 윤리도 아니고 도덕도 아니다. 여기에 인간이 구속되어서는 안 된다. 저 아이를 자유롭게 풀어 주어야 한다.'

이튿날 퇴계는 사돈을 불러 결론만 말했습니다. "자네, 딸을 데려가게." "내 딸이 무엇을 잘못했는가?" "잘못한 것 없네. 무조건 데려가게."

친구이면서 사돈 관계였던 두 사람이기에 서로가 서로의 마음을 이해하지 못할 까닭이 없었습니다. 그러나 딸을 데리고 가면 두 사람의 친구 사이마저 절연하는 것이기 때문에 퇴계의 사돈도 쉽게 받아들이려 하지 않았습니다.

"안되네. 양반 가문에서 이 무슨 일인가?" "나는 할 말이 없네. 자네 딸이 내 며느리로서는 참으로 부족함이 없는 아이지만 어쩔 수 없네. 데리고 가게." 이렇게 퇴계는 사돈과 절연하고 며느리를 보냈습니다.

몇 년 후 퇴계는 한양으로 올라가다가 조용하고 평화스러운 동네를 지나가게 되었습니다. 마침 날이 저물기 시작했으므로 한 집을 택하여 하룻밤을 머물렀습니다. 그런데 저녁상을 받아 보니 반찬 하나하나가 퇴계가 좋아하는 것뿐이었습니다. 더욱이 간까지 선생의 입맛에 딱 맞아 아주 맛있게 먹었습니다. '이 집 주인도 나와 입맛이 비슷한가 보다.'고 생각했습니다. 이튿날 아침상도 마찬가지였습니다. 반찬의 종류는 어제 저녁과 달랐지만 여전히 입맛에 딱 맞는 것이었습니다.

'나의 식성을 잘 아는 사람이 없다면 어떻게 이토록 음식들이 입에 맞을까? 혹시 며느리가 이 집에 사는 것은 아닐까?' 그리고 퇴계가 아침 식사를 마치고 막 떠나가려는데 집주인이

버선 두 켤레를 가지고 와서 '한양 가시는 길에 신으시라.'며 주었습니다. 신어 보니 퇴계의 발에 꼭 맞았습니다. '아! 며느리가 이 집에 와서 사는구나.' 퇴계는 확신을 하게 되었습니다.

'집안을 보나 주인의 마음씨를 보나 내 며느리가 고생은 하

지 않고 살겠구나.'

만나 보고 싶은 마음도 컸지만 짐작만 하며 대문을 나서는데 한 여인이 구석에 숨어 퇴계를 지켜보고 있는 것이었습니다. 퇴계는 이렇게 며느리를 개가시켰습니다. 이 일을 놓고 유가의 한 편에서는 퇴계를 비판하고 있습니다.

'선비의 법도를 지키지 못한 사람이다. 윤리를 무시한 사람이다.'

하지만 또 다른 한 편에서는 정반대로 퇴계를 칭송하고 있습니다.

'퇴계야말로 윤리와 도덕을 올바로 지킬 줄 아는 분이시다. 윤리를 깨뜨리면서가지 윤리를 지키셨다.'고 했습니다.

현대를 사는 사람들은 어떻게 평가할까요?
이런 훌륭한 분들이 이 나라의 선구자가 아닌지요?

―이퇴계―

싸움

싸움을 하면 옷의 단추만 떨어지는 것이 아니라 자신의 인격도 떨어지고, 싸움을 하면 몸에 상처만 남는 것이 아니라 자신의 마음에도 상처가 남고, 싸움을 하면 자기 힘만 소비되는 것이 아니라 자신의 시간도 소비되고, 싸움을 하면 증오만 남는 것이 아니라 후회도 남는다.

새와 치타

새는 가벼워서 공중에 뜨는 것이 아니다. 날갯짓을 하기 때문에 뜨는 것이다.

치타는 다리가 길어서 빨리 달리는 것이 아니다. 있는 힘을 다해 달리기 때문에 빨리 달리는 것이다. 무슨 일이든 열심히 최선을 다한다면 남들보다 높이 뜰 수 있고 남들보다 빨리 달릴 수 있다.

생각

귀하다고 생각하고 귀하게 여기면 귀하지 않은 것이 없고, 하찮다고 생각하고 하찮게 여기면 하찮지 않은 것이 없다. 예쁘다고 생각하고 자꾸 쳐다보면 예쁘지 않은 것이 없고, 밉다고 생각하고 고개 돌리면 밉지 않은 것이 없다.

선택

빠른 선택이란 가까이 있는 것을 잡는 것이 아니다. 가까이 있으면서도 확실한 것을 잡는 것이다. 정확한 선택이란 좋은 것을 잡는 것이 아니다. 좋으면서도 내게 맞는 것을 잡는 것이다. 무지개가 우리를 속여도 우리는 그 무지개를 좋아하고, 그림자가 우리를 속여도 우리는 그 그림자를 달고 산다.

손님

눈치를 주어도 가지 않는 손님이 있는가 하면, 옷자락을 붙잡아도 뿌리치고 가는 손님이 있다. 미련은 오래 머무는 손님이고 영광은 잠시 왔다 훌쩍 떠나가는 손님이다.

수첩

수첩은 이름들이 사는 마을이다.

끼리끼리 모여 산다. 어떤 이름은 십 수년을 터 잡고 살고, 어떤 이름은 얼굴도 익히기 전에 떠나 버리고 만다. 숨어 있네. 구름 속에 비가 숨어 있듯이 햇빛 속에 그림자가 숨어 있듯이 편안함 속에 심심함이 숨어 있네. 아쉬움 속에 시원함이 숨어 있네. 자랑 속에 부끄럼이 숨어 있네. 칭찬 속에 질투가 숨어 있네.그리고 또 사랑 속에 미움이 숨어 있네.

그래 수첩이 바로 나고 미래이다.

부부의 이혼 대학연구팀

행복한 결혼이 되려면 남편은 귀머거리, 아내는 장님이 되어야 한다.

−탈무드−

가장 많이 꼽는 이혼 사유는 '성격 차이'다. 막상 결혼을 하니 연애 시절과 달리 서로 성격이 너무 달라 더 이상 결혼 생활을 할 수 없다는 것이다.

하지만 최근 〈폭스뉴스〉는 "성격 차는 오히려 부부 생활을 오래 지속시킬 수 있는 요인"이라고 보도했다. 심리상담가나 심리학자들은 "이혼하기 쉬운 부부의 성격이나 특성은 따로 있다"고 지적한다. 예를 들어 부부 둘 다 우유부단한 성격으로 결단력이 부족한 경우다.

미국 콜로라도 대학 심리학 연구팀이 40년간 결혼 생활을 유지하고 있는 부부 32쌍을 대상으로 조사한 결과, 대부분이 "부부 간에 성격의 공통점이 거의 없다"고 답했다. 부부를 각기 따로 설문한 결과다. 이 부부들은 장기간 한 파트너와 생활하는 게 행복한지 묻는 질문에 대해서도 거의가 "만족한다."고 답했다. 연구팀은 "누군가와 함께 살고 싶다는 욕구가 강할 경우 성격 차이는 간단히 극복할 수 있는 요인"이라고 지적했다.

그런가 하면 아예 성격 차가 뚜렷한 부부가 성격이 비슷한 부부보다 결혼 생활 만족도가 더 높다는 설도 있다. 2007년 캘리포니아 대학 심리학 연구팀이 55년 이상 장기간 결혼 생활을 유지하고 있는 부부를 대상으로 한 연구 결과다. 이에 따르면 부부가 성격이 다를수록 결혼 생활을 장기간 유지하는 경우가 많다. 그러나 결혼 생활이 10년, 20년 이상 지나서 서로 성격이 비슷해진 경우 결혼 생활 만족도가 크게 줄어들었다.

가장 행복도가 높은 부부는 한쪽이 사교적이고, 다른 한쪽은 꼼꼼한 성격일 경우다. 연구팀은 집안이나 일 문제 등 어려움이 생겼을 때 대인관계가 원만한 사람은 타인에게 도움을 구하고, 성실한 사람은 부부가 스스로 할 수 있는 일을 찾는 등 여러 대처 방안을 내놓을 수 있기 때문이라 분석했다. 한마디로 각기 역할을 분담할 수 있다는 소리다.

이에 반해 사이가 나쁘거나 헤어지기 쉬운 부부의 전형적인 성격이나 특성, 상황도 있다.

첫째 부부가 다 우유부단한 성격일 경우다. 둘 다 주저하는 성격이면 문제가 생겨 상황이 좋지 않게 끝났을 때 서로의 탓으로 돌리기 쉽다. 그러다 관계가 악화된다. 반면 어느 한쪽이 결단력이 강해 리드해 나가면, 부부 사이가 잘 유지된다.

둘째 마마보이 남편, 모성애가 강한 부인도 이혼할 가능성이
크다. 이 커플은 서로 돌봐주길 바라고 돌보길 원하는 점이 매
력으로 작용해 결혼에 이르는 경우가 많다. 그런데 모성애가 강
한 여성이 자식을 낳으면, 부인의 관심사는 온통 자식이 되기
마련이다. 마마보이 남편은 외로운 심정을 바람으로 채우려고
해 결국 부부 생활이 위기를 맞게 되는 패턴이다.

셋째 가족이나 주변에서 반대가 심한데 결혼에 성공한 커플
이다. 결혼 전까지 온갖 어려움을 극복하며 서로의 연결고리를
단단히 해온 만큼 결혼 후 평온한 나날이 계속되면 지루하게 느
낀다. 또 그때까지 보이지 않던 상대의 결점이 눈에 띄어 혐오
감을 갖게 되는 경우도 있다. 더군다나 만나서 결혼에 이르기까
지 3개월 이내로 초스피드로 결혼했다면 이혼 리스크가 매우 크
다.

넷째 집에서 직장까지 출퇴근 시간이 길면 이혼율이 상승한
다. 스웨덴 우미아 대학 연구팀이 5년간 무려 200만 명을 대상
으로 조사한 결과다. 출퇴근 시간이 각기 45분 이상인 경우와
미만인 경우를 비교했을 때, 45분 이상인 경우 이혼율이 40%나
높았다.

특히 결혼한 지 3~4년 정도인 부부일 경우, 출퇴근 시간이 미치는 영향이 막대하다. 맞벌이 부부가 출퇴근에 시간을 오래 쓰며 지쳐 집에 돌아올 경우, 가사 일 분담을 두고 부부 싸움을 하게 된다. 전업주부가 있는 가정일 경우에는 아내가 남편을 기다리는 시간이 길어져 다투게 된다.

그렇다면 결혼 전 동거 여부는 어떨까? 미국 질병통제예방센터가 내놓은 조사 결과에 따르면, 결혼 전 동거를 하지 않는 경우가 결혼 생활이 더 길다. 동거를 하다가 결혼에 골인한 부부는 10년 이상 결혼 생활을 지속할 확률이 61%였다. 이에 반해 동거를 하지 않고 결혼 생활을 시작한 경우 10년 이상 결혼 생활을 할 확률은 66%였다.

-폭스뉴스-

결혼은 해도 후회하고 안 해도 후회한다는 철학자의 말이 떠오른다.

죽기 1초 전의 생각들

죽음의 신은 어느 집 문 앞이라도 꿇어앉아 있는 검은 낙타와 같다.

―탈무드―

인간은 누구나 죽는다. 죽기 직전 나타나는 현상들을 연구한 흥미 있는 자료가 있다. 미국의 저명한 심리학자인 무디Moody 박사가 임사(臨死) 체험자 150명의 증언을 근거로 작성한 '임사 체험'을 소개했다. 무디는 체험자의 대부분이 비슷한 체험을 한 것에 착안해 죽은 상태에서 다시 의식을 찾을 때까지의 과정을 순서대로 14항목으로 정리했다.

1. 자신의 죽음의 선고가 들린다.
2. 지금껏 느껴 본 적 없는 편안하고 유쾌한 기분을 느낄 수 있다.
3. 알 수 없는 목소리가 들려온다. 아름다운 음악 소리가 들리기도 한다.
4. 돌연 어두운 터널 속으로 끌려들어 간다.
5. 정신이 육체로부터 벗어나, 외부로부터 자신의 신체를 관찰한다.
6. 아무리 구해 달라고 소리쳐도 반응이 없다.
7. 시간 감각이 없어진다.

8. 시각과 청각이 굉장히 민감해진다.

9. 강한 고독감이 엄습한다.

10. 지금껏 알고 지낸 여러 사람들이 나타난다.

11. '빛의 존재'와 만난다.

12. 자신의 인생이 주마등처럼 스쳐 지나간다.

13. 앞으로 나가는 것을 주저하게 된다.

14. 다시 살아난다. 안도의 한숨을 쉰다. '살았다!'

−무디−

문명을 거부하는 사람들

만약 친구가 채소를 가지고 있다면 당신은 고기를 전해 주라.

−탈무드−

위치 : 남태평양 남서부

면적 : 46만 2840㎢

인구 : 492만 7000명(2000)

수도 : 포트모르즈비

파푸아뉴기니 주민의 대부분은 멜라네시아계의 파푸아족이며, 이것은 다시 500여 부족으로 세분된다. 따라서 공용어는 영어이지만 원주민들은 파푸아어를 사용하는데 그들이 사용하는 언어는 지역에 따라 큰 차이가 있으며, 언어를 통일하는 일이 앞으로의 큰 과제이다.

파푸아인은 단신 긴 머리에 고수머리가 특징이며, 세계에서 가장 원시적인 인종의 하나로 간주된다. 여러 부족은 해안과 산지에 흩어져 살고 있는데 같은 부족끼리는 단결력이 강하지만 다른 부족에 대해서는 배타적 경향이 짙다. 산지 주민은 미개하며 체격도 빈약하고 각 마을마다 다른 언어와 특이한 풍습을 보존하고 있다.

미 UCLA대 생물학 교수 '재래드 다이아몬드'는 그의 저서 '제3의 침팬지'에서 '서구인들이 세계를 정복하는 과정에서 유독 파푸아뉴기니만 전체를 정복하지 못하고 90년대 초반에 와서 비로소 뉴기니 섬 전체의 부족들의 실태를 겨우 파악하게 되었으며, 이에 따라서 그들만이 세계에서 서구문명을 받아들이지 못하고 최근까지 원시상태 그대로 빈곤하기까지 한 채로 남아 있게 되었다'고 했다.

-재래드 다이아몬드-

미래 사람이 가는 법

사람은 어리석어 가까운 사람으로부터 배신을 당한다.

–탈무드–

젊어서는 능력이 있어야 살기가 편안하나,
늙어서는 재물이 있어야 살기가 편안하다.
재산이 많을수록 늙는 것은 더욱 억울하고,
인물이 좋을수록 늙는 것은 더욱 억울하다.

재산이 많다 해도 죽어 가져갈 방도는 없고,
인물이 좋다 해도 죽어 가져갈 도리는 없다.
성인군자라도 늙음은 싫어하기 마련이고,
도학군자라도 늙음은 싫어하기 마련이다.

주변에 미인이 앉으면 바보라도 좋아하나,
주변에 노인이 앉으면 군자라도 싫어한다.
아파 보면 달라진 세상인심을 잘 알 수 있고,
늙어 보면 달라진 세상인심을 잘 알 수 있다.

대단한 권력자가 망명신세가 되기도 하고,
엄청난 재산가가 쪽박신세가 되기도 한다.
육신이 약하면 하찮은 병균마저 달려들고,
입지가 약하면 하찮은 인간마저 덤벼든다.

일이 풀린다면 어중이떠중이 다 모이지만,
일이 꼬인다면 주변 친구들이 다 떠나간다.
잃어버린 세월을 복구하는 것도 소중하나,
다가오는 세월을 관리하는 것도 소중하다.

여생이 짧을수록 남은 시간은 더 소중하고,
여생이 짧을수록 남은 시간은 더 절박하다.
개방적이던 자도 늙으면 폐쇄적이기 쉽고,
진보적이던 자도 늙으면 타산적이기 쉽다.

거창한 무대라도 공연시간은 얼마 안 되고,
훌륭한 무대라도 관람시간은 얼마 안 된다.
자식이 없으면 자식 있는 것을 부러워하나,
자식이 있으면 자식 없는 것을 부러워한다.

대개 자식 없는 노인은 고독하기 마련이나,
대개 자식 있는 노인은 심난하기 마련이다.
못 배우고 못난 자식은 효도하기 십상이나,

잘 배우고 잘난 자식은 불효하기 십상이다.
삶에 너무 집착하면 상실감에 빠지기 쉽고,
삶에 너무 골몰하면 허무감에 빠지기 쉽다.
영악한 인간은 중죄를 짓고도 태연하지만,
순박한 인간은 하찮은 일에도 불안해한다.

-미국작가 리처드 칸-

제5장_미래 탈무드

미 래 탈 무 드

미래 탈무드

면접 시 구직자의 거짓말 7

기업 인사담당자 645명을 대상으로 구직자의 거짓말이 흥미롭다. 면접자들은 구직자의 어떤 대답을 거짓말이라고 판단했을까.

1위는 '연봉은 별로 중요하지 않습니다.'라는 대답을 면접자가 거짓말로 보는 것으로 나타났다. 37.8%가 이 대답을 꼽았다.

2위는 '평생직장으로 삼고 싶습니다.' (26.6%)라는 대답이었고,

3위는 '야근, 주말 근무도 문제없습니다.'(26.3%)는 대답도 거짓말.

4위는 '개인 일보다 업무를 우선합니다.'(23.6%),

5위는 '어디서든 잘 적응할 수 있습니다.'(23%),

6위는 '무엇이든 금방 배울 수 있습니다.'(19.3%),

7위는 '시키지 않아도 일을 찾아서 합니다.'(16.9%) 등이 뒤를 이었다.

삶을 소중히 들여다보라

*사람의 삶은 그 어느 것과도 바꿀 수 없는 야훼의 선사품이라
 항상 노력을 해야 한다.

-탈무드-

내일이면 귀가 안 들릴 사람처럼 새들의 지저귐을 들어보라.
내일이면 냄새를 맡을 수 없는 사람처럼 꽃향기를 맡아보라.
내일이면 더 이상 볼 수 없는 사람처럼 세상을 보라.

사흘만 볼 수 있다면

첫째 날, 친절과 겸손과 우정으로 내 삶을 가치 있게 해 준 사
람들과 만남을, 특히 설리번 선생님을 만나고 싶다. 친구들을
찾아 들로 산으로 나가 바람에 나풀거리는 아름다운 나뭇잎과
들꽃들 그리고 석양에 빛나는 노을을 보고 싶다.

둘째 날, 먼동이 트며 밤이 낮으로 바뀌는 웅장한 기적을 보
고 난 후 서둘러 메트로폴리탄에 있는 박물관을 찾아가 하루 종
일 인간의 진화와 역사를 눈으로 보고 싶다. 그리고 저녁에는
보석 같은 밤하늘의 별들을 바라보면서 하루를 마무리하고 싶
다.

셋째 날, 아침 일찍 큰길에 나가 출근하는 사람들의 얼굴 표
정을 보고 오페라하우스와 영화관에 가서 공연들을 보고, 저녁

이 되면 네온사인이 반짝거리는 쇼윈도에 진열된 아름다운 물
건들을 보면서 집으로 돌아와 사흘 동안만이라도 볼 수 있게 해
주신 하느님께 감사하고 다시 영원히 암흑의 세계로 돌아가겠
다.

-헬렌 켈러, '내가 사흘 동안 볼 수 있다면' 20세기 최고의 수필-

자신을 아는 삶

*야훼는 다름 사람에게 꼭 필요하고 다른 이를 즐겁게 하는
 사람이 되라고 하신다.

-탈무드-

"자신을 알려거든 다른 사람이 하는 것을 유심히 보라"는
말이 있습니다.
상대방이 자신의 거울임은 두말할 나위가 없는 까닭입니다.

좋은 것은 좋은 대로 받아들이고
나쁜 것은 그것이 왜 나쁜 것인가를 알게 되는 것으로
자신에게 유익함을 주게 됩니다.

먼지가 없는 깨끗한 거울은
자신의 모습을 환하게 보여주지만 먼지가 가득 낀 거울은
자신의 모습을 희뿌옇게 보여주는 이치와 같습니다.

그러므로 자신 또한 상대방의 거울인 까닭에 경거망동을 삼가고
바른 몸과 마음을 지녀야 하겠습니다.

자신을 살피고 돌아볼 줄 아는 사람은 그렇지 않은 사람에 비해
보다 더 아름답고 평안한 생활을 영위해 나갈 수 있습니다.

왜냐하면 자신을 살피고 들여다보는 것으로 해서
자신의 옳고 그름을 알 수 있기 때문입니다.

그래서 잘못된 것이 있으면 고쳐서 바로잡아야 하고
어긋난 것이 있으면 제 위치로 돌려놓을 수 있게 되는 것입니다.
그래야만 반듯한 사람이 될 수 있는 것입니다.
다른 사람에게 필요한 사람 이렇듯 다른 사람에게
필요한 사람이 된다는 것은 즐거운 일입니다.

인생 지혜 3

*인생은 땅 위에 고역이며, 사람의 생애는 품꾼의 나날과
같은 것이다.

-탈무드-

3가지 후회

   1.참을 걸

   2.즐길 걸

   3.베풀 걸

3가지 소유

   1.건강

   2.재산

   3.친구(배우자)

3가지 음식

   1.소식

   2.혼식

   3.채식

20:80의 세상

이탈리아 파레토(Pareto)가 개미들을 관찰하다가 열심히 일하는 놈은 약 20%뿐이고, 나머지 80%는 적당히 왔다갔다 시간만 때우는 것을 발견하였다.

파레토는 다시 일 잘하는 20%만 따로 갈라놓아 보았다. 이들은 처음에는 모두 열심히 일하더니 곧 그중 80%는 놀기 시작했다. 여기서 '20:80의 법칙'이 탄생되었다.

공산주의가 망한 것은 20:80원칙을 무시하고 다 똑같이 살자고 하다가 똑같이 망한 것이다. 유토피아란 말이 떠오른다. 유토피아는 그런 데가 없다는 뜻이라는 말이 가슴에 와 닿는다.

벌집이 주는 미래 지혜

사람의 지혜란 진실을 말하고 진실을 행하는 것이다.

-탈무드-

벌집은 정육각형이다. 그런데 "왜" 정육각형일까? 이 수수께끼에 대하여 수천 년 동안 풀지 못하다가 1965년에 이르러서야 헝가리의 수학자인 "페예시 토트"가 다음과 같이 수학적으로 증명했다, 라고 한다.

최소의 재료를 가지고 최대의 면적을 지닌 용기를 만들려 할 때에 그 용기는 육각형이 된다. 그러니까 육각형의 벌집은 새끼를 키우고 꿀이나 화분을 저장하기에 정삼각형이나 정사각형과 비교할 때에 고효율의 최적 구조인 것이다. 정육각형의 벌집은 벌집 무게의 30배나 되는 양의 꿀을 저장할 수 있다. 게다가 벌집은 꿀이 밖으로 흘러나오지 않도록 기울기가 9-14도로 되어 있다.

더 놀라운 사실도 있다. 벌집을 건축할 때에 수천 마리의 벌들이 흩어져서 각기 맡은 부분을 짓고 마지막에 각 부분을 종합적으로 결합하여 집을 완성시킨다. 이때에 접합 부분들을 보면 놀랍게도 한 치의 빈틈이나 한 호리의 어긋남도 없이 딱 들어맞는다. 마치 한 마리의 벌이 만든 것처럼 말이다.

도대체 벌은 어떻게 이 모든 것을 "본능적으로" 알고 있었을까? 신비하다. 이어령 교수는 『젊음의 탄생』에서 이 예화를 들고 나서 다음과 같은 말을 했다.

'자연은 우리가 보호해야 할 대상이 아니라 우리가 배워야 할 대상이다.'

그렇다. 미래의 지혜는 자연과 생명을 존중하며 거기서 배우는 것이다.

수명 130세 4고 비결

야훼를 두려워하여 섬기면 수명이 길어지고, 나쁜 일을 하면 수명이 줄어든다.

-탈무드-

*즐겁게 살고. 매미처럼 항상 노래하고 즐겁고 긍정적으로 살고.

*적게 먹고. 쥐처럼 적게 먹어야 한다.

*많이 움직이고. 개미처럼 부지런하고 많이 움직여야 한다.

*욕심을 버리고. 거북이처럼 느리고 욕심을 버려야 한다.

가장 오래 산 사람

*일할 때나 잠잘 때나 마음을 풀고 즐겁게 지내는 것이 야훼의 법
이다.

-탈무드-

인류 역사상 가장 오래 산 사람은, 영국인 토마스 파 (Tho
mas Parr 1438~1589)로 알려지고 있다.

152세까지 장수했던 그는, 155㎝의 키에 몸무게 53kg의 단구
였다고 한다.

80세에 처음 결혼하여 1남 1녀를 두었고 122세에 재혼까지
했다.

그의 장수에 대한 소문이 파다하자 당시 영국 국왕이었던 찰
스 1세가 그를 왕궁으로 초대하여 생일을 축하해 주었는데, 그
때의 과식이 원인이 되어 2개월 후 사망했다고 한다.

-영국BBC-

칭찬과 상술

*자화자찬하지 말고 남에게 받도록 행동해야 한다. 칭찬이 남이 해 주는 것이지 자기가 하는 것이 아니다.

−탈무드−

한 이발사가 자신의 기술을 전수하기 위해 젊은 보조직원을 한 명 채용했다. 젊은 직원은 3개월 동안 열심히 이발 기술을 익혔고 드디어 첫 번째 손님을 맞이하게 되었다. 그는 그동안 배운 기술을 최대한 발휘하여 첫 번째 손님의 머리를 열심히 깎았다. 그러나 거울로 자신의 머리 모양을 확인한 손님은 투덜거리듯 말했다.

"머리가 너무 길지 않나요?"

초보 이발사는 손님의 말에 아무런 답변도 하지 못했다. 그러자 그를 가르쳤던 이발사가 웃으면서 말했다.

"머리가 너무 짧으면 경박해 보인답니다. 손님에게는 긴 머리가 아주 잘 어울리는 걸요."

손님은 금방 기분이 좋아져서 돌아갔다.

두 번째 손님이 들어왔다. 이발이 끝나고 거울을 본 손님은 마음에 들지 않는 듯 말했다.

"너무 짧게 자른 것 아닌가요?" 초보 이발사는 이번에도 역시

아무런 대꾸를 하지 못했다. 옆에 있던 이발사가 다시 거들며 말했다.

"짧은 머리는 긴 머리보다 훨씬 경쾌하고 정직해 보인답니다."

이번에도 손님은 매우 흡족한 기분으로 돌아갔다.

세 번째 손님이 왔다. 이발이 끝나고 거울을 본 손님은 머리 모양은 무척 마음에 들어 했지만, 막상 돈을 낼 때는 불평을 늘어놓았다.

"시간이 너무 많이 걸린 것 같군."

초보 이발사는 여전히 우두커니 서 있기만 했다. 그러자 이번에도 이발사가 나섰다.

"머리 모양은 사람의 인상을 좌우한답니다. 그래서 성공한 사람들은 머리 다듬는 일에

많은 시간을 투자하지요."

그러자 세 번째 손님 역시 매우 밝은 표정으로 돌아갔다.

네 번째 손님이 왔고 그는 이발 후에 매우 만족스러운 얼굴로 말했다.

"참 솜씨가 좋으시네요. 겨우 20분 만에 말끔해졌어요."

이번에도 초보 이발사는 무슨 대답을 해야 할지 몰라 멍하니 서 있기만 했다. 이발사는 손님의 말에 맞장구를 치며 말했다.

"시간은 금이라고 하지 않습니까? 손님의 바쁜 시간을 단축

했다니 저희 역시 기쁘군요."

　저녁에 초보 이발사는 자신을 가르쳐 준 이발사에 게 오늘 일에 대해서 물었다. 이발사는 말했다.

　"세상의 모든 사물에는 양면성이 있다네. 장점이 있으면 단점도 있고 얻는 것이 있고 손해 보는 것도 있지. 또한 세상에 칭찬을 싫어하는 사람은 없다네. 나는 손님의 기분을 상하게 하지 않으면서 효과적으로 처신하는 것을 교육한 것이라네."

-미국ABC-

침묵의 기적

어리석은 사람도 침묵을 지키면 지혜로워 보인다.

-탈무드-

　어떤 부인이 수심에 가득 찬 얼굴로 한 정신과 의사를 찾아갔습니다.

　"선생님 저는 더 이상 남편과 같이 살기 힘들 것 같아요. 그 사람은 너무 신경질적이고 자기가 하고 싶은 대로만 하고 살아요."

그 말을 들은 의사는 잠깐 생각에 잠겼다가 입을 열었습니다.

"우리 병원 옆으로 조금 가시다 보면 작은 우물이 하나 있답니다. 그곳은 신비의 샘으로 유명한 곳입니다. 그 우물물을 통에 담아 집으로 들고 가십시오. 그리고 남편이 집으로 돌아오시면 그 물을 얼른 한 모금 드십시오. 절대 삼키시면 안 됩니다. 그렇게 실행한다면 아마 놀라운 변화가 있을 겁니다."

부인은 의사의 말대로 우물에서 물을 얻어 가지고 집으로 돌아갔습니다. 그날 밤 늦게 귀가한 남편은 평소처럼 아내에게 불평불만을 털어 놓기 시작했습니다. 예전 같았으면 부인도 맞받아쳐 싸워댔을 텐데 그날은 의사가 가르쳐 준 대로 신비의 물을 입안 가득히 물었습니다. 그리고는 물이 새지 않도록 입술을 꼭 깨물었습니다. 그렇게 한참을 지나자 남편의 잔소리는 잠잠해졌습니다. 그날은 더 이상 다툼이 되지 않아 무사히 하루가 지나갔습니다.

남편이 화를 낼 때면 부인은 어김없이 그 신비의 물을 입에 머금었고 그것이 여러 차례 반복되면서 남편의 행동은 눈에 띄게 변해 갔습니다. 먼저 신경질이 줄어들었고, 아내에 대해 막대하던 행동도 눈에 띄게 변해 갔습니다. 부인은 남편의 변한 태도에 너무도 기뻐 의사에게 감사 인사를 전하러 갔습니다.

"선생님, 너무 감사합니다. 그 신비한 샘이 너무도 효능이 좋더군요. 우리 남편이 싹 달라졌다니까요"

의사는 부드러운 미소를 머금으며 이렇게 말했습니다.
"당신이 남편에게 기적을 일으킨 것은 그 물이 아닙니다. 당신의 침묵입니다. 남편을 부드럽게 만든 것은 그 침묵과 이해 때문입니다.

만병통치약

약은 병자를, 슬픔은 종교를, 신학은 죄 많은 인간을 낳는다.
—마르틴 루터—

만병통치약 1 걷기 운동의 35가지 기적
01. 면역 기능이 좋아진다.
02. 심근경색이 있더라도 더 오래 산다.
03. 심 질환의 위험이 줄어든다.
04. 체내 에너지 활용이 높아진다.
05. 산소 섭취량이 는다.
06. 근력이 증강된다.
07. 혈압을 정상적으로 유지시킨다.
08. 인대와 힘줄이 강하게 된다.

09. 심장의 혈액순환이 좋아진다.

10. 좋은 콜레스테롤은 증가하고 나쁜 콜레스테롤은 감소한
    다.

11. 동적 시력이 향상되고 녹내장이 조절된다.

12. 당뇨 발생이 줄어든다.

13. 관절의 노화를 늦추어 준다.

14. 성욕, 성기능, 만족도가 좋아진다.

15. 대장암, 전립선암, 유방암의 발생위험이 감소한다.

16. 뇌졸중의 발생 위험이 감소한다.

17. 관상동맥질환의 발생 위험이 감소한다.

18. 요통의 도움이 된다.

19. 비만이 개선된다.

20. 심박동수가 감소한다.

21. 변비에 도움이 된다.

22. 각 장기의 혈액순환이 좋아진다.

23. 골다공증이 예방된다.

24. 작업 능력이 증가된다.

25. 균형 감각이 향상된다.

26. 자신감이 생긴다.

27. 수면의 질이 좋아진다.

28. 스트레스 해소에 도움이 된다.

29. 금연 시도에 도움이 된다.

30. 우울증, 불안감이 줄어든다.

31. 단기 기억력이 향상된다.

32. 만성두통이 사라진다.

33. 감기에 잘 걸리지 않는다.

34. 무기력해지지 않는다.

35. 삶의 질이 향상된다.

-미국ABC-

만병통치약 2

*천재의 찌푸린 얼굴을 보는 것보다 바보의 미소를 보는 게
더 낫다.*

-탈무드-

신이 주신 선물 '웃음'

웃음은 신이 주신 제일의 선물로 감기에서 암까지 고친다고
한다.

웃음이 보약이고 웃음이 행복이다.

우리 늘 웃고 살아야 한다.

땅에 존재하는 모든 만물 중에 사람만 웃고 살아간다. 웃음
은 곧 행복을 표현하는 방법이다. 요즘 사람들은 웃음이 부족하

다고 한다. 그러나 좀 더 넉넉한 마음을 가지고 힘차게 웃을 수 있다면 모든 일에도 능률이 오를 것이다.

유쾌한 웃음은 어느 나라를 막론하고 건강과 행복의 상징이라고 한다. 세 살 어린아이는 하루에 삼백 번 웃고 정상적인 성인은 하루에 겨우 열일곱 번 웃는다고 한다. 바로 체면을 차리려 하기 때문이다. 유쾌한 웃음은 우리를 행복하게 만든다. 웃음은 좋은 화장이다.

웃음보다 우리의 얼굴 모습을 밝게 해 주는 화장품은 없다. 그리고 웃음은 생리적으로도 피를 잘 순화시켜주니 소화도 잘되고 혈액순환도 물론 잘된다. 우리의 삶은 짧고도 짧다. 웃을 수 있는 여유가 있는 사람이 행복한 사람이다.

남에게 웃음을 주는 사람은 자신은 물론 남도 행복하게 해주는 사람이다. 신나게 웃을 수 있는 일들이 많이 있으면 더욱 좋을 것이다. 하지만 스스로 만들어가는 것이 중요하다.

유아무와 인생지한(有我無蛙 人生之限)

*출세를 하는 데는 수단, 방법, 재물보다는 실력 정직 청렴이 더 빠르고 오래간다.

―탈무드―

"나는 있으나 개구리가 없는 게 인생의 한이다"란 뜻입니다.

고려 말 시대 유명한 학자였던 이규보 선생께서 몇 번의 과거에 낙방하고 초야에 묻혀 살 때 집 대문에 붙어 있던 글입니다.

임금이 하루는 단독으로 야행을 나갔다가 깊은 산중에서 날이 저물었다. 요행히 민가를 하나 발견하고 하루를 묵고자 청을 했지만 집주인(이규보)이 조금 더 가면 주막이 있다는 이야기를 듣고 임금은 할 수 없이 발길을 돌려야했다. 그런데 그 집 대문에 붙어있는 글이 임금을 궁금하게 한 거죠.' 나는 있는데, 개구리가 없는 게 인생의 한이다. 개구리가 뭘까?' 한나라의 임금으로서 어느 만큼의 지식은 갖추었기에 개구리가 뜻하는 걸 생각해 봤지만 도저히 감이 안 잡혔죠.

주막에 가서 국밥을 한 그릇 시켜 먹으면서 주모에게 외딴집(이규보집)에 대해 물어봤지만, 과거에 낙방하고 마을에도 잘 안 나오고 집안에서 책만 읽으며 살아간다는 소리를 들었지요. 그래서 궁금증이 발동한 임금은 다시 그 집으로 가서 사정사정한 끝에 하루저녁을 묵어갈 수 있었습니다. 잠자리에 누웠지만 집주인의 글을 읽는 소리에 잠이 안 와서 면담을 신청했죠. 그렇게도 궁금하게 여겼던 유아무와 인생지한이란 글에 대하여 들을 수 있었습니다.

이규보는 자신이 생각해도 그 실력이나 지식은 어디 내놔도 안 지는데 과거를 보면 꼭 떨어진다는 거다. 돈이 없고, 정승의 자식이 아니라는 이유로 자신은 번번이 낙방하여 초야에 묻혀 살고 있다고 하였다. 그 말을 들은, 임금은 이규보 선생의 품격이나 지식이 고상하기에 자신도 과거에 여러 번 낙방하고 전국을 떠도는 떠돌인데 며칠 후에 임시과거가 있다 해서 한양으로 올라가는 중이라 거짓말을 하고 궁궐에 들어와 임시과거를 열 것을 명하였다 한다.

과거를 보는 날, 이규보 선생도 뜰에서 다른 사람들과 같이 마음을 가다듬으며 준비를 하고 있을 때 시험관이 내걸은 시제가 '유아무와 인생지한'이란 여덟 자였다고 한다. 다른 사람들은 그게 무엇을 뜻하는지를 몰라 헤매고 있을 때 이규보는 임금이 계신 곳을 향해 큰절을 한번 올리고 답을 적어 냄으로써 장원급제를 하였다.

훗날 이규보는 역사에 남는 청렴한 정치가 및 큰 학자가 되었다.

산행을 자주하여야 하는 이유

*산은 좋은 이웃과 같다. 편안한 안식을 주고 언제나 자신을
 알게 한다.*

−탈무드−

우리가 말하는 삼림욕이 왜 좋은지 나무에서 내뿜는 뭐가 있
어서 좋은지를 말하고 싶다. 그것은 바로 피톤치드 때문이다.
그럼 피톤치드는 왜 생기고, 우리에게 왜 좋은지를 설명하면,
우리가 산에 가면 피부로는 느끼지 못하나 숲속에서는 기분이
상쾌해지고, 사람들이 숲에서는 화를 내거나 기분이 나빠지지
않는 것을 느낄 수 있다.

모두들 즐거운 마음으로 숲을 거닐고 기쁜 마음으로 산을 내
려오게 된다. 이것은 나무에서 생성되는 즉 이 비밀병기를 가지
고 있기 때문에 나무는 천재지변이나 인간이 해치지 않는 한 수
백 년, 수천 년을 살아갈 수 있는 것이다

인간이 알지 못하는 자기만의 오묘하고 섬세한 비밀병기(秘
密病期) 자기만의 규칙을 지키며 살아가는데 이것을 천재지변
이나 인간의 인위적인 방해로 인하여 사라지게 될 뿐이다.

나무가 있는 울창한 숲속에 들어가면 시원한 삼림향이 풍기
는데 이것은 나무 주위의 포도상구균, 연쇄상구균, 디프테리아

따위의 미생물을 죽이는 휘발성 물질이라고 한다.

피톤치드는 사람에게 적합하도록 부작용도 없고, 탈취, 살균력을 발휘하여 식물성장 촉진, 상쾌함, 산소 증가, 면역 촉진 등의 힘을 갖게 한다.

피톤치드의 효과 많으나 대표적인 세 가지만 열거해 본다.
첫째, 상쾌함으로 자율신경의 안정에 효과적으로 작용하여 스트레스를 완화하고, 간 기능을 개선하며, 쾌적한 수면을 가져오게 한다.
둘째, 숲속에는 사실 동물의 시체나 썩은 나무가 많아 악취가 나야하는데 없는 이유는,
피톤치드의 공기 정화, 탈취 효과 때문이다
셋째, 사람의 몸에 있는 곰팡이, 진드기 등의 아직 알지도 못하는 병원균들을 부작용 없이 깨끗이 처리한다.

20세기 초까지만 해도 많은 사람들 의 목숨을 앗아간 폐결핵 환자의 유일한 치료법으로는 숲속에서 요양하는 것이고 지금도 사람이 깊은 병으로 치료가 어려우면 깊은 산속에서 요양하여 많은 효과를 볼 수도 있다.

피톤치드는 식물이 스스로 내는 항균성 물질의 총칭으로서 어느 한 물질을 가르치는 것이 아니며, 여기에는 테르펜을 비롯

한 페놀 화합물, 알칼로이드 성분 등이 모두 포함되어 있고 어떤 식물이든 항균성 물질을 가지고 있고 따라서 어떤 형태로든 피톤치드를 함유하고 있기 때문에 집안에도 나무와 화초를 많이 기르면 건강에 좋은 것이다.

위에서 열거한 것과 같이 나무가 주는 이런 커다란 선물이 우리에게 얼마나 많은 영향을 준다는 사실에 사뭇 놀랍고, 또한 우리는 숲을 잘 가꾸고, 풀 한포기, 나무 한 그루라도
보호해 주는 마음으로 산행하는 자세가 필요하다고 생각한다.

'피톤치드'가 많이 나오는 나무는 편백나무, 잣나무 .향나무 소나무 상록수 같은 것이며.
측백나무 노송나무라고도 불린다.
-일본 교토대학-

미래 남자, 인생의 중요한 세 가지

잔소리가 적은 남자가 가장 좋은 남자이다.

-셰익스피어-

1.남자의 인생에는 세 가지의 길.
  *처자식을 위한 아버지의 길.
  *사회적 신분 상승과 성공의 길.
  *언제든 혼자 있을 수 있는 자유의 길.

2.남자의 인생에는 세 명의 여자.
  *양귀비 같은 여자.
  *전능한 어머니 같은 아내
  *가슴에 숨겨두고 몰래 그리는 여인.

3. 남자의 인생에는 세 가지 갖고 싶은 것.
  *미인이며 착한 배우자.
  *죽을 때까지 잊을 수 없는 첫사랑.
  *부모에 대한 효도.

4. 남자의 인생에는 세 번의 몰래 흘리는 눈물.

*첫사랑 보낸 후 흐르는 성숙의 눈물.

*실패의 고배를 마신 후 뼈아픈 눈물.

*아내가 세상을 떠났을 때의 눈물.

5.남자의 인생에는 세 가지 중요한 것.

*인생을 걸고 싶을 만큼 귀한 친구.

*평생을 함께 하는 여성.

*자신을 성숙하게 하는 책.

　사람은 책을 만들고 책은 사람을 만든다.

10년 젊어지는 7가지

*건강한 사람은 모든 것을 가졌고, 건강하지 못한 사람은
가진 것이 없는 것이다.

-탈무드-

작은 벽돌이 모여 견고한 성을 쌓듯, 작은 습관 하나하나가
모여서 튼튼하고 건강한 몸을 만든다. '그거 하나 한다고 건강해
지겠어.' 하고 무심히 지나쳤던 습관들이 사실은 평생건강을 지
키는 열쇠일 수도 있다.

더 젊고 건강하게, 10년 젊어지는 건강 습관 7가지를 소개한
다.

1. 음식은 10번이라도 씹고 삼켜라. 의사들이 말하는 것처럼
   30번씩 씹어 넘기려다 세 숟가락 넘기기 전에 포기 하지
   말고, 10번이라도 꼭꼭 씹어서 삼킨다. 고기를 먹으면 10
   번이 모자라겠지만 라면을 먹을 때도 10번은 씹어야 위에
   서 자연스럽게 소화시킬 수 있다.

2. 매일 조금씩 공부를 한다. 두뇌는 정밀한 기계와 같아서
   쓰지 않고 내버려두면 점점 더 빨리 늙는다. 공과금 계산
   을 꼭 암산으로 한다든가 전화번호를 하나씩 외우는 식으

로 머리 쓰는 습관을 들인다. 일상에서 끝없이 머리를 써야 머리가 '녹'이 쓰는 것을 막을 수 있다.

3. 아침에 일어나면 기지개를 켜라. 아침에 눈을 뜨면 스트레칭을 한다. 기지개는 잠으로 느슨해진 근육과 신경을 자극해 혈액 순환을 도와주고 기분을 맑게 한다. 침대에서 벌떡 일어나는 습관은 나이가 들면서 혈관이 갑자기 막히는 치명적인 결과를 낳을 수도 있다.

4. 매일 15분씩 낮잠을 자라. 피로는 쌓인 즉시 풀어야지 조금씩 쌓아 두면 병이 된다. 눈이 감기면 그때 몸이 피곤하다는 얘기. 억지로 잠을 쫓지 말고 잠깐이라도 눈을 붙인다. 15분간의 낮잠으로도 오전 중에 쌓인 피로를 말끔히 풀고 오후를 활기차게 보낼 수 있다.

5. 아침 식사를 하고 나서 화장실을 가라. 현대인의 불치병, 특히 주부들의 고민거리인 변비를 고치려면 아침 식사 후 무조건 화장실에 간다. 아이 학교도 보내고 남편 출근도 시켜야 하지만 일단 화장실에 먼저 들른다. 화장실로 오라는 '신호'가 없더라도 잠깐 앉아서 배를 마사지하면서 3분 정도 기다리다가 나온다. 아침에 화장실에 가서 앉아 있는 버릇을 들이면 하루 한 번 배변 습관은 자연스럽게 따라온다.

6. 식사 3~4시간 후 간식을 먹어라. 조금씩 자주 먹는 것은 장수로 가는 지름길이다. 점심 식사 후 속이 출출할 즈음이면 과일이나 가벼운 간식거리로 속을 채워 준다. 속이 완전히 비면 저녁에 폭식을 해 위에 부담이 된다. 그러나 점심을 배부르게 먹고, 오후에 배가 고프지 않은데도 또 먹으라는 것이 아니다. 그것은 비만으로 가는 지름길일 뿐이다. 매 끼마다 한 숟가락만 더 먹고 싶을 때 수저를 놓는 습관을 들인다.

7. 오른쪽 옆으로 누워 무릎을 구부리고 자라. 세상에서 가장 편안한 자세는 아이가 옆으로 누워 있는 것이다.

-미국 GW대-

스트레스 해결책 7

본래 스트레스라는 말은 원래 물리학 영역에서 '팽팽히 조인다'라는 뜻의 '라틴어(stringer)'에서 나왔다. 의학 영역에서는 캐나다의 내분비학자인 한스 셀리에 박사가 '정신적 육체적 균형과 안정을 깨뜨리려고 하는 자극에 대해 안정 상태를 유지하기 위해 변화에 저항하는 반응'으로 스트레스를 정의하며 스트레스 학설을 처음으로 제시했다.

스트레스는 긍정적 스트레스와 부정적 스트레스로 나눌 수 있다. 당장에는 부담스럽더라도 적절히 대응해 자신의 향후 삶이 더 나아질 수 있는 스트레스는 긍정적 스트레스다.

반면에 자신의 대처나 적응에도 불구하고 지속되는 스트레스는 불안이나 우울 등의 증상을 일으킬 수 있기 때문에 부정적 스트레스라고 할 수 있다. 부정적 스트레스를 계속 받다 보면 우리 신체는 건강에 문제를 일으키는 호르몬의 습격을 받게 된다.

이 때문에 스트레스 증상이 나타나면 운동이나 심호흡 등을 통해 마음을 가다듬는 등 대책을 세워야 한다. 스트레스를 물리치는 7가지 방법을 알아본다.

1. 원인 찾기

무엇이 골치를 쑤시게 하는지 파악해 보자. 보통 우리를 괴롭히는 문제에는 세 종류가 있다. 실제적인 해법이 있는 문제, 시간이 지나면 나아질 문제, 그리고 통제 밖에 있는 문제 등 3가지다. 스트레스의 원인을 밝힌 다음, 첫 번째 범주에 초점을 맞춰야 한다. 나머지 둘은 무시하는 수밖에 없다.

2. 신체활동(운동)

운동이 스트레스를 치료하진 않는다. 그러나 머리를 맑게 하고 기분을 가볍게 하는 데는 도움이 된다. 요가도 좋고, 스트레칭도 좋다. 그러나 술은 절주를 하거나 담배를 피우지는 말라. 육체적으로도 정신적으로도 절대 도움이 되지 않는다.

3. 대화

친구와 속 깊은 대화를 나누다 보면 생각지도 못한 해법이 나올 수도 있다. 당신이 보지 못하는 것을 친구는 보기 때문이다. 친구에게 자주 전화하고 만나는 게 좋다.

4. 스마트폰 절제

아예 스마트폰을 사용하지 말라는 말이 아니다. 이제 그런 생활은 불가능하다. 단 잠들기 한 시간 전에는 스마트폰을 손에서 놓아야 한다.

압박감을 주는 내일의 업무는 잠시 잊고, 불쾌한 일, 남들의 성공을 생각하는 등도 그만 중단하고, 따뜻한 물에 목욕을 하며 기분 좋았던 일들을 생각해 보자.

5. 명상

연구에 따르면, 명상을 통해 스트레스를 관리할 수 있다.

명상이 뇌를 다시 프로그래밍해서 스트레스를 받더라도 그에 휘둘리지 않게 된다는 것이다.

6. 업무 리스트 만들기

할 일이 너무 많으면 일을 통제하는 대신 일에 치이게 된다. 업무 목록을 작성하라. 그리고 소소한 일을 먼저 끝내라. 매사를 재미있게 처리해야 한다.

7. 건강한 식사

기분은 무엇을 먹는가에 따라 영향을 받는다. 고지방 식품이나 카페인 설탕도 피하는 것이 좋다. 과일과 채소를 많이 먹고 물을 충분히 마셔야 한다. 명석한 식사가 답이다.

－더가디언 닷컴－

셰익스피어가 선사한 7가지 지혜

지혜의 왕국에서는 불행과 갈등이 존재하지 않는다.

-탈무드-

첫째, 학생으로 계속 남아 있어라. 배움을 포기하는 순간, 우리는 늙기 시작한다.

둘째, 과거를 자랑하지 마라. 옛날이야기밖에 가진 것이 없을 때 당신은 처량해진다.

삶을 사는 지혜는 지금 가지고 있는 것을 즐겨야 한다.

셋째 아랫사람과 경쟁하지 마라. 그들의 성장을 인정하고, 그들에게 용기를 주고, 그들과 함께 즐겨라.

넷째, 부탁받지 않은 충고는 굳이 하려고 마라. 본래 충고는 하는 것이 아니며, 해 달라고 할 때도 조심해서 해야 하는 것이다.

다섯째, 삶을 철학으로 대체하지 마라. 로미오가 한 말을 기억하라. 철학이 줄리엣을 만들 수 없다면 그런 철학은 꺼져 버려라. 단순하게 살아야 행복한 것이다.

여섯째, 아름다움을 발견하고 즐겨라. 약간의 심미적 추구를 게을리 하지 마라. 그림과 음악을 사랑하고, 책을 즐기고, 자연의 아름다움을 만끽하는 것이 좋다.

일곱째, 늙어 가는 것을 불평하지 마라. 가엾어 보인다. 몇 번 들어주다 당신을 피하기 시작할 것이다.

삶을 밝히는 세 가지 지혜

지혜가 금은보다 더 좋다.

-영국-

* 3가지 병신
   1. 모든 재산을 자식들에게 주고 타 쓰는 사람
   2. 재산을 부인(남편)에게 다 주고 타 쓰는 사람
   3. 재산이 아까워 쓰지 못하고 죽는 사람

* 3가지 바보
   1. 자식에게 상속 미리 하는 사람
   2. 손자 봐 주려고 큰 집 장만하는 사람
   3. 손녀 봐 주려고 친구 모임에 빠지는 사람

* 3가지 중요한 것
   1.지금 이 순간
   2.지금 내가 만나고 있는 사람
   3.지금 내가 하고 있는 일

* 3가지 목표
   1.믿음 2.소망 3.사랑

* 3가지 만남의 복
  1. 부모님 2. 배우자 3. 친구

지혜 1

러시아는 세계에서 큰 나라이다.
*4백 킬로 거리는 거리도 아니고,
*보드카 40도는 술도 아니고,
*겨울 온도 40도는 추위도 아니다.

사회생활의 성공은 첫째 유머라고 한다.

러시아에는 또 다른 세 가지 지혜가 있다.
*있을 때 먹어 두고 *보일 때 사 두고 *따지지 말라.

지혜 2

도쿠가와 이에야스를 모시는 사당, 닛코의 도쇼구에 있는 마
구간 건물에는 산자루[三猿]라는 유명한 조각이 있다. 입을 막
고 귀를 막고 눈을 가린 세 마리의 원숭이가 새겨진 것인데. 말
하지도 듣지도 보지도 않으면서 견디는 인내의 처세술을 가르

치는 의미가 있다고 한다. 고난이 가득했고 죽을 위기에 자주 직면했던 도쿠가와 이에야스의 세상 사는 처세가 바로 인내였음을 다시금 일깨우는 조각상이다.

도쿠가와 이에야스는 이런 인내를 통해 마침내 일본을 얻었고 자신의 자손들에게도 그 지위를 물려주었다

지혜 3

모든 괴로움은 어디서 오는가?
자기만 생각하는 이기심에서 온다.

모든 행복은 어디서 오는가?
남을 먼저 생각하는 이타심에서 온다.
혼자 있을 때는 자기 마음의 흐름을 살피고
여럿이 있을 때는 자기 입의 망을 살펴라.

분노와 미움을 가지고는
싸움에서 이긴다 해도 승리가 아니다.
그것은 죽은 사람을 상대로
싸움과 살인을 한 것과 같다.

진정한 승리자는 자기 자신의 분노와
미움을 이겨낸 사람이다.

자신을 예쁘게 만드는 사람은
세월이 가면 추해지지만
남을 예쁘게 보는 눈을 가진 사람은
세월이 가면 갈수록 빛나리.

용서는 단지 자기에게 상처를 준 사람을
받아들이는 것만이 아니다.
그것은 그를 향한 미움과 원망의 마음에서
스스로 놓아주는 일이다.
그러므로 용서는 자기 자신에게
베푸는 것은 가장 큰 사랑이다.

두려워할 일이 없는데
두려워하는 것은 어리석은 일이다.
두려워할 이유가 있는데
두려워하지 않는 것은 더욱 어리석은 일이다.

왼손은 아버지 손 오른손은 어머니 손
탐욕이라는 이름의 아버지와

무지라는 이름의 어머니가 결합하여 내 몸이 되었구나.

나 이제 불법을 만나

지혜의 아버지와 자비의 어머니를

하나로 받들어 온전한 보살의 길을 걸어가리라.

입속에는 말을 적게

마음속엔 일을 적게

위장에는 밥을 적게

밤에는 잠을 적게

이 네 가지만 적게 해도 그대는 곧 깨달을 수 있다.

네가 진정으로 원한다면 나는 너에게 가난을 주리라.

빛나는 금관보다도 반짝이는 보석 목걸이보다도

무엇으로 바꿀 수 없는 사랑보다도

빛도 모양도 없는 타고 남은 재까지도 없는

이 간난을 너에게 주기 위해

나는 너에게 눈을 깜빡여 보리라.

-스스끼-

미
래
탈
무
드

<u>제6장</u>
깨어 있어야 아침을 본다

창의력

*야훼는 하늘과 땅 그리고 그 사이에 존재하는 모든 것을
 창조하였다.

-탈무드-

바닷가에 떠 밀려오는 나무 유목(流木)을 주워 모아 작품 소
재로 사용하는 독특한 예술가가 있다. 영국 예술가 헤더 잰시는
말, 사슴 등 동물을 소재로 조형물들을 만들기 시작했다. 특히
나무를 이용해 만든 말 조형물은 말 특유의 생동감을 뛰어나게
표현했다는 점에서 큰 주목을 받고 있다.

크기 또한 실제 말과 매우 유사해 멀리서 보면 착각이 들 정
도다.

만드는 방법은 기본 골격은 철로 만든 유목을 프레임에 맞춰
철사로 고정시켜 만든다고 한다. 이렇게 만든 그녀의 말 조형품
은 작품당 약 1억 이상의 고가에 팔리고 있다.

쓸데없는 쓰레기를 이용한 뛰어난 창의력으로 대단한 부가가치를 올리고 있는 셈이다. 21세기는 창조가 우리를 먹여 살리는 시대라고 할 때 시사를 하는 바가 크다.

창의력 발상의 전환 7

얼음이 녹으면 뭐가 되지요?

-창의력 테스트-

1. 얼음이 녹으면 뭐가 되죠? 물! 아니다. 봄이 오고 꽃이 핀다.
2. 사공이 많으면 배가 산으로 간다. 아니다. 배가 엄청나게 빨리 간다.
3. 암탉이 울면 집안이 망한다. 아니다. 울어야 알을 낳는다.
4. 행사 중 비행기 소리는? 짜증 귀를 막는다. 그러나 와! 비행기까지 우리 행사를 돕네
5. 광어가 잡어보다 비싸다. 아니다. 자연산 잡어가 더 비싸다.
6. 빛 좋은 개살구? 아니다. 빛이 좋으니 인테리어에 쓰고, 살구씨는 한약재로 사용된다.

7. WIN WIN이 맞는가? 아니다. 도둑이 망보고 도둑질하면 안 된다.

21C는 WIN WIN WIN 너 좋고, 나도 좋고, 사회에도 좋은 것이 되어야 한다.

*창의력 테스트 답: 봄이 오죠. 꽃이 피죠.

−미래학자 서근석−

창의력 제고 7가지

*21세기 우리를 먹여 살릴 것은 창조이다.

−서근석−

창조경영이 요즘 또 다른 화두이다. 창조경영이란 '소비자의 새로운 요구를 창조하여, 그 같은 소비자의 문제를 해결해 주는 것'이다. 창조경영의 핵심은 창의력이 뛰어난 인재들을 확보 또는 키워내는 일이다. 따라서 개인의 창의력이 매우 중요하다 하겠다.

[창의력 제고 7가지]

이를 암기하기 좋게 아베프사스^{ABEPSAS}라 한다.

1. A: ART 예술에 대한 폭넓은 이해를 해야 한다.
   그것도 푹 빠질수록 좋다고 한다.

2. B: BOOK 아주 책을 끼고 살아야 한다. 책 속에 밥이 있고
   창의력도 꽉 차 있다.

3. E: ENTERTAINMENT 일을 즐기는 것을 말한다.
   '천재란 일을 즐기는 사람이다'   -독일-

4. P: PROBLEM 모든 사물을 항상 새로운 문제의식을 가지
   고 본다.

5. S: SIGHT 새로운 시각으로 바라본다.

6. A: ARDOR 열정이다. 링컨은 '열정이 최고를 만든다.'고
   하였다.

7. S: SMILE 신이 준 선물 웃음이다. 창의력은 웃음에서 출
   발한다.

                                              -서근석-

최고가 되어라

*최고가 되기를 원하는 자는 항상 자기의 길 정직 청렴 실력의
 길을 간다.

−탈무드−

무엇이 되든지 최고가 되어라. 언덕 위의 소나무가 될 수 없다면 골짜기의 관목이 되어라. 그러나 시냇가의 가장 좋은 관목이 되어라. 나무가 될 수 없다면 한 포기 풀이 되어라. 그래서 어떤 도로도 더욱 행복하게 만들어라.

모두가 다 선장이 될 수는 없는 법, 선원도 있어야 한다. 누구에게나 여기에서 할 일이 있다. 고속도로가 될 수 없다면 차라리 오솔길이 되어라. 태양이 될 수 없다면 별이 되어라.

네가 이기고 지는 것은 크기에 달려 있지 않다.

무엇이 되든 최고가 되어라!

"Be the best of whatever you are!"

−더글라스 맬록−

죽을 때 후회하는 25가지

*지혜는 듣는 데서 오고, 후회는 말하는 데서 온다.

-탈무드-

1. 자신의 몸을 소중히 하지 않았던 것
2. 유산을 어떻게 할까 결정하지 않았던 것
3. 꿈을 실현할 수 없었던 것
4. 맛있는 것을 먹지 않았던 것
5. 마음에 남는 연애를 하지 않았던 것
6. 결혼을 하지 않았던 것
7. 아이를 낳아 기르지 않았던 것
8. 악행에 손댄 일
9. 감정에 좌지우지돼 일생을 보내 버린 것
10. 자신을 제일이라고 믿고 살아 온 것
11. 생애 마지막에 의지를 보이지 않았던 것
12. 사랑하는 사람에게 '고마워요'라고 말하지 않았던 것.
13. 가고 싶은 장소를 여행하지 않았던 것
14. 고향에 찾아가지 않았던 것
15. 취미에 시간을 할애하지 않았던 것
16. 만나고 싶은 사람을 만나지 않았던 것
17. 하고 싶은 것을 하지 않았던 것
18. 사람에게 불친절하게 대했던 것

19. 아이를 결혼시키지 않았던 것
20. 죽음을 불행하다고 생각한 것
21. 남겨진 시간을 소중히 보내지 않았던 것
22. 자신이 산 증거를 남기지 않았던 것
23. 종교를 몰랐던 것
24. 자신의 장례식을 준비하지 않았던 것
25. 담배를 끊지 않았던 것

-오츠 슈이치-

키 작은 사람이 키 큰 사람보다 오래 산다

생명은 야훼의 것, 항상 보존하고 살펴야 한다.

-탈무드-

미국 여성의 평균 수명은 미국 남성의 평균 수명보다 8년 정도 더 길다는 보고가 있다. 과학자들은 이 8년이라는 여분의 시간에 대한 원인을 여성 호르몬과 스트레스 부족, 그리고 다른 요소들에서 설명하려 했지만 검증되지 않은 한 요소가 있는데 그것은 키에 관한 것이다.

미국에서 평균 신장 163cm인 여성들이 남성들의 평균 신장보다 13cm 더 작기 때문에 더 오래 산다고 하면 어떤 생각이 드는가? 일반적으로 키 작은 사람이 경탄의 대상이 되는 일은 거의 없다. 하지만 이제 키 작은 사람을 무시하는 일은 버려야 하지 않을까?

토머스 사마라스의 이론은 '큰 키 자체가 단명을 초래한다는 것'이다. 운동선수와 미연방 대통령, 성공적인 사업가, 그리고 거인들의 각 그룹을 연구한 후 사마라스는 그들 각 그룹의 평균 수명과 평균 신장은 반비례한다는 결론에 이르렀다.

신장이 작은 사람들은 큰 사람들보다 작게는 6%, 많게는 20%까지 더 장수했다. 173cm 이하의 대통령 5인의 평균 수명은 80.4세인 데 비하여, 185cm 이상의 대통령 5인의 평균 수명은 66.8세에 불과했다. 이와 비교하여 231cm 이상 되는 거인들의 평균 수명은 39.8세에 불과했다.

−NY타임스−

유머 - 나도 무죄여

*조심해야 한다. 네 형제가 죄를 짓거든 계속 꾸짖고,
죄를 뉘우치거든 관대하게 용서해 줘야 한다.

-탈무드-

서울 모 법원의 판사가 국회폭력사건으로 기소된 모 의원에게 무죄를 선고했다. 흥분 상태에서 저지른 난동은 폭력행위로 볼 수 없다는 게 무죄 이유였다. 그러자 다음 재판 순서를 기다리고 있던 강간범이 자리에서 벌떡 일어나더니 박수를 치며 만세를 부르기 시작했다. 깜짝 놀란 판사가 강간범에게 물었다.

"무죄는 다른 사람이 받았는데 왜 당신이 좋아하는 거요?"

강간범이 대답했다.

"내가 여자를 성폭행할 때도 흥분 상태였단 말입니다. 그러니 판사님께서 당연히 무죄를 선고하실 것 아닙니까?"

-인터넷 유머-

화백의 병신 새끼들아

슬기로운 사람은 조심스레 죄를 피하고, 어리석은 자는
자기 멋대로 행동한다.

-탈무드-

청송교도소, 죄질이 흉악한 범죄인들 2백여 명 앞에서 70이
넘은 운보 화백은 그 칼날이 시퍼런 기에 아랑곳하지 않고 그만
의 특유한 대화체로 '병신 새끼들아!'는 욕으로 강연을 시작하였
다.

첫 마디부터 심상치 않았다.

"병신 새끼들아!" 이 첫 마디에 연단 옆에 서 있던 주변 사람
들은 화들짝 놀랐다. 흉악범 2백여 명에게 호통을 친 것이다.
파랗게 놀란 눈으로 앞마당 재소자들의 표정을 살폈다. 잠시 출
렁이더니 조금 지나자 조용해졌다. 화백의 말은 이어졌다.

"병신은 나다. 내가 벙어리이니 내가 병신 머저리다. 그렇지
만 나는 몸은 병신이지만 정신만은 건강하다. 그런데 당신들은
몸은 건강하나 정신은 병신이다. 그래서 내가 욕을 한 것이다.
나같이 몸이 병신이지만 뼈를 깎는 노력으로 성공한 화가가 되
었다. 나는 타고난 재주나 조건을 믿지 않았다. 재주를 갈고 닦

아서 성실하게 열심히 노력했다. 그래서 성공했다. 왜 건강한 몸으로 이런 무시무시한 교도소에 들어와서 이 지옥에서 죽을 고생들을 하느냐?"며 재소자들을 몰아 세웠다.

만약 운보 아닌 다른 사람이 이런 욕을 했다면 아마도 폭동이 일어났을 것이라는 후문을 들었다. 이상하게도 운보 화백의 말에는 진실로 그들을 아끼는 마음을 느꼈던지 한결같이 고개를 숙이더니 숙연하게 듣고 있었다. 이 기막힌 장면에 모두가 많이 놀랐다. 그의 한마디 한마디에서 받은 진실한 선물은 재소자, 교도관, 그리고 참가한 사람들 모두에게 커다란 마음의 감동을 주었다. 어디 감동보다 더 큰 선물이 있겠는가.

－운보－

최고의 술안주 7가지

*악마가 인간을 찾아가기가 너무나 바쁠 때에는 대신 술을
보낸다.

−탈무드−

　국내 권위 있는 의사와 교수가 '최고의 영양 술안주 7가지를
추천한다.

　1. 손상된 간세포의 재생을 돕는 단백질은 술로 손상된 간세
　　　포의 재생을 돕는다.

　　　그러나 소나 돼지고기 같은 육류에는 양질의 단백질이 풍
　　　부하지만 포화지방이 많은 것이 흠이다. 그러나 수육으로
　　　먹으면 이런 문제점을 해결할 수 있다. 껍질을 제거한 닭고
　　　기도 좋다. 햄, 소시지, 베이컨 같은 가공육은 포화지방이
　　　더 많으므로 좋지 않다.

　2. 뇌세포에 영양을 공급하는 버섯, 버섯에는 라이신과 트립
　　　토판 같은 필수 아미노산이 풍부해 술로 인해 손상된 뇌
　　　세포에 영양을 공급한다. 또 간의 독성을 완화시키는 요
　　　소가 풍부하고, 알코올 대사를 돕는 비타민B2와 비타민C
　　　가 많다. 버섯의 좋은 성분은 모두 수용성이므로 버섯을

물에 오래 불리거나, 버섯 불린 물을 버리고 조리해선 안 된다. 조리할 때는 물로 살짝 헹군 뒤 짜지 않게 조리해 국물까지 모두 먹는다.

3. 주당에게 부족한 엽산이 많은 곶감, 음주로 인해 부족해 질 수 있는 엽산의 함유량이 높고, 에너지 효율이 좋은 과 당과 비타민C도 많다. 저장성이 좋아 언제든지 간단하게 술안주로 삼을 수 있다. 호두와 함께 먹으면 맛이 좋을 뿐 아니라 콜레스테롤 수치도 낮아진다.

4. 간을 해독하는 굴 고단백 · 저지방 식품일 뿐 아니라 간의 해독을 돕는 타우린과 베타인 성분도 풍부하다. 특히 굴은 겨울이 제철이므로 연말 술자리에 더없이 좋은 안주이다. 음주 시 배부르지 않게 포만감을 얻고 싶다면 굴이나 조개 로 전을 만들어 먹는 것이 좋고 배나 미나리, 배추 겉절이 와 함께 무침을 해먹으면 비타민C를 보충할 수 있다.

5. 산성화된 체질을 중화하는 미역, 해조류는 요오드, 칼슘, 철 등이 많이 함유된 알칼리성 식품으로 알코올 분해시키 는 아세트알데히드로 인해 산성화된 몸을 중화시키는 데 효과적이다. 또 술을 마시면 체내 칼륨이 소변으로 다량 배출되는데 미역에는 칼륨이 풍부해 술안주로 안성맞춤이 다. 미역을 기름과 함께 조리하면 각종 영양성분의 흡수율

이 높아진다. 미역 초무침이나 미역국을 끓일 때 참기름을 한 방울 떨어뜨리면 좋다.

6. 알코올성 치매를 예방하는 생밤. 술을 마시면 비타민 B군이 파괴되며, 특히 비타민B1의 결핍은 알코올성 치매를 유발할 수 있다. 밤의 비타민B1 함량은 쌀의 4배 이상이며, 알코올 분해를 돕는 비타민C도 풍부하다. 다른 과일에 비해 탄수화물 함량이 높아 빈속에 술을 마실 때 포만감을 느끼게 한다. 또 밤 속의 단백질이나 불포화지방산은 간을 보호한다. 먹기도 편하고 뒷맛이 깔끔해 옛날부터 주안상에 자주 오르내렸다.

7. 뇌신경 세포를 복원하는 고등어 꽁치. 과음을 하면 뇌신경 세포가 파괴된다. 고등어, 꽁치에는 뇌신경 조직에 많이 함유돼 있고 기억력을 증진시키는 DHA, EPA가 풍부하게 함유돼 있다. 또 나이아신이 풍부한데 알코올을 간에서 분해하는 데 필수적인 효소인 NAD는 나이아신으로부터 만들어진다. 또 고단백·고칼슘 식품이다. 튀김은 열량이 높고 DHA, EPA 같은 좋은 지방이 변형될 수 있으므로 찜을 해 먹는 것이 가장 좋다

- 예일대 -

딱한 사람들

부자란 자신이 가진 것에 만족하는 사람이다.

-탈무드-

먹을 것이 없어 굶는 사람도 딱하지만
먹을 것을 앞에 두고도 이가 없어 못 먹는 사람은 더 딱하다.

짝 없이 혼자 사는 사람도 딱하지만
짝을 두고도 정 없이 사는 사람은 더 딱하다.

만족

만족할 줄 알면 그게 신선이다.

-무명씨-

만족이란 놈 꼭 양파처럼 생겼다.
알맹이를 찾으려고 껍질을 까니
알맹이는 안 나오고 껍질만 나온다.
까도 까도 알맹이는 없고 껍질뿐이다.
인생은 결코 만족은 없고 껍질뿐이다.

만족 2

지혜로운 아내는 남편에게 양약(良藥)과 같아서
그 남편에게 생명의 샘입니다.

지혜로운 아내는 남편을 인정하고 칭찬함으로
그 남편은 귀한 사람이 됩니다.
현숙한 아내는 사랑하는 남편에게 기쁨과 희망과
자신감을 주는 말을 합니다.

마음의 정결한 아내의 입술에는
덕(德)이 있으므로 남편이 그의 친구가 되게 합니다.
지혜로운 아내는 남편이 피곤할 때 한 마디 말로
어떻게 도와줄 줄을 압니다.

지혜가 있는 아내가 있으면 늘 행복합니다.

제7장_미래를 왜 참견?

미래를 참견하십니까? /

인생이란 나를 찾아가는 것이다 / 공짜는 없다 /

빈손으로 베풀 수 있는 여섯 가지 / 불가(佛家)의 세 가지 진리 /

이혼율 / 우정 / 시련과 성공 /

커피는 약이다 / 커피는 독이다 /

정치인과 거지의 8대 공통점 / 정치인과 개의 6대 공통점 /

공직 전설 '고건'의 비결 / 록펠러의 삶 /

망할 때 나타나는 일곱 가지 현상 / 모기야 고맙다. /

미국 바로 알기 31가지 / 핸드폰 충전 시 조심 / 얼굴의 우리말 뜻

미
래
탈
무
드

미래를 왜 참견?

미래를 참견하십니까?

미래는 누구의 것도 아니다. 미래는 오직 신의 것일 따름이다.

−탈무드−

고승이며 이 시대의 스승이었고 작가였던 법정스님이 떠나셨습니다. 진심으로 명복을 빌며 평소 행하신 선행을 흠모합니다. 다른 한편으로 미래를 공부하는 학자로 미래의 일에 대하여 스님이 너무 간섭을 하신다고 생각한 순간에 김사바 님의 글이 너무나 마음에 와 닿습니다. 우리에게 많은 것을 생각하게 하는 글입니다.

 − 법정스님이 남기신 유언이 좀 마음에 걸립니다. 유언이 너무 사후의 일을 디테일하게 챙기고 지시하고 있거든요. "장례식

하지 마라, 수의도 짜지 마라, 무명옷 입혀라, 사리를 찾지 마라, 재는 오두막들의 꽃밭에 뿌려라, 책도 찍지 말라 등"

왜 스님은 자신이 떠나가는 세계에 대하여 이리도 무리한 요구와 지시를 했을까요?

법정스님! 이제 시간과 공간을 버리겠다고요? 거울이 없는데 어찌 닦을 수 있으며 시간을 소유한 적이 없는데 어찌 버릴 수 있다는 말입니까? 버린다는 말에는 가지고 있었다는 말을 함유하므로 경계하여야 할 것이었소. 그러나 이제 다 부질없는 말이지요.

생명의 장강(長江)은 말없이 흐르며 우리는 제갈 길을 갈 뿐입니다. –

–서근석 요약–

인생이란 나를 찾아가는 것이다

*눈이 보이지 않는 것보다 마음이 보이지 않는 것이 더 불행하다.

−탈무드−

삶이란 참으로 복잡하고 아슬아슬합니다.
걱정이 없는 날이 없고
부족함을 느끼지 않는 날이 없으니까요
어느 것 하나 결정하거나 결심하는 것도 쉽지 않습니다.
내일을 알 수 없어 늘 흔들리기 때문이지요.

말로는 쉽게 "행복하다" 또는 "기쁘다"고 말할 수는 있지만
누구에게나 힘든 일은 있기 마련입니다.
얼마만큼 행복하고 어느 정도 기쁘게 살아가고 있는지
알 수는 없지만, 그저 모두들 바쁩니다.
왜 그렇게 열심히 어디를 향해,
무엇 때문에 바쁘게 가는 건지 모를 일입니다.
결국 인생은 내가 나를 찾아갈 뿐인데 말입니다.

고통, 갈등, 불안, 등은
모두 나를 찾기까지의 과정에서 만나는 것들입니다.

나를 만나기 위함이 이렇게 힘든 것입니다.
나를 찾은 그날부터 삶은 고통에서 기쁨으로
좌절에서 열정으로 복잡함에서 단순함으로
불안에서 평안으로 바뀝니다.
이것이야말로 각자의 인생에서 만나는
가장 극적이 순간이요, 가장 큰 기쁨입니다.

몸에 맞지 않는 옷을 입으면 불편하듯이
아무리 멋진 풍경도
마음이 다른 데 있으면 눈에 들어오지 않듯이
내가 아닌 남의 삶을 살고 있으면 늘 불안합니다.

나를 먼저 돌아보세요,
내가 보일 때 행복과 기쁨도 찾아옵니다.

공짜는 없다

한 부부가, 발신자가 적히지 않은 등기우편물을 받았습니다.
봉투를 뜯어 보니
정말 보고 싶었던 극장표 두 장이 들어 있었습니다.
마침 결혼기념일이 얼마 남지 않았던 터라,
이 부부는 친구들 중 누군가가 보냈을 것이라고
생각했습니다.
결혼기념일이 되자 이 부부는 배달된 표를 들고 가서
연극도 보고 외식도 하며 즐거운 시간을 보냈습니다.
그러나 문제는 이 부부가 저녁 늦게 집에 도착했을 때
입니다. 집에 돌아온 두 사람은 깜짝 놀랐습니다.
집안이 온통 어질러지고 돈이 될 만한 물건은
몽땅 사라져버린 것입니다. 도둑이지요.
부부는 주섬주섬 정리를 하다가
식탁 위에 놓인 조그마한 쪽지 하나를 발견했습니다.
"세상에 공짜는 없다!"

-인터넷-

빈손으로 베풀 수 있는 여섯 가지

자선은 야훼의 모습이다.　　　-탈무드-

어떤 이가 스님을 찾아가 물었습니다.

"저는 하는 일마다 제대로 되는 일이 없으니, 이 무슨 까닭입니까?"

"그것은 네가 남에게 베풀지 않았기 때문이니라."

"저는 아무것도 가진 게 없는 가난뱅이로 남에게 줄 것이 아무것도 없습니다."

"아니다. 아무 재산이 없더라도 줄 수 있는 여섯 가지는 있는 것이다."

"여섯 가지나 있다고요?"

첫째　얼굴에 화색을 띠고 부드럽고 정다운 얼굴로 남을 대하는 것이요,

둘째　말로써 얼마든지 베풀 수 있으니 사랑의 말, 칭찬의 말, 위로의 말, 격려의 말, 양보의 말, 부드러운 말 등이다.

셋째　착하고 어진 마음으로 남에게 따뜻한 마음을 주는 것이다.

넷째　호의를 담은 부드럽고 편안한 눈빛으로 사람을 보는 것

처럼 눈으로 화평을 베푸는 것이요,

　　다섯째는 몸으로 봉사하는 것으로 어떤 일이라도 성의껏 하고 공손한 태도로 남의 일을 돕는 것이요.

　　여섯째는 다른 사람에게 자리를 내주는 등 양보하는 것이다.

불가(佛家)의 세 가지 진리

지혜로운 자는 귀가 크고, 입을 아낀다.　　　　-인도-

제행무상(諸行無常) 태어나는 것은 반드시 죽는다. 형태 있는 것은 반듯이 소멸한다. "나는 꼭 죽는다." 라고 인정하고 세상을 살아야 한다. 죽음을 감지하는 속도는 나이별로 다르다고 한다. 청년에게 죽음을 설파한들 자기 일 아니라고 팔짱을 끼지만 노인에게 죽음은 버스 정류장에서 차를 기다림과 같다. 하늘 부모 남편 아내라 할지라도 그 길을 막아주지 못하고 대신 가지 못하고 함께 가지 못한다. 하루하루 촌음을 아끼고 후회 없는 삶을 사는 것이 죽음의 두려움을 극복하는 유일한 길이다.

회자정리(會者定離) 만나면 헤어짐이 세상사의 법칙이다. 사랑하는 사람 애인 남편 부인 자식 명예 부귀영화 영원히 움켜쥐고 싶지만 하나 둘 모두 내 곁을 떠나간다. 인생살이가 한때의 흐름인 줄 알아야 한다. 시달리고 집착하고 놓고 싶지 않은 그 마음이 바로 괴로움의 원인이며 만병의 시초이니 마음을 새털같이 가볍게 하는 지혜가 필요하다.

원증회고(怨憎會苦) 미운 사람 피하고 싶은 것들과 반드시 만나게 된다. 원수 가해자 아픔을 준 사람 피하고 싶은 사람을 다시

만나게 되며, 가난 불행 병고 이별 죽음 등 내가 바라지 않는 일
도 종종 나를 찾아온다. 세상은 사이클, 돌고 도는 것이다. 나는
자연의 일부인 만큼 사이클이 주기적으로 찾아온다. 현명하고
지혜롭고 매사에 긍정적인 사람은 능히 헤쳐 나가지만 어리석
고 매사에 소극적인 사람은 파도에 휩쓸리나니 늘 마음을 비우
고 베풀며 살아야 한다.

-조계종-

이혼율

야훼가 짝지어 주신 것을 사람 마음대로 갈라서지 못한다.

-탈무드-

이혼율이 가장 높은 직업군을 순서대로 나열하면 아래와 같
다.

1. 댄서 · 안무가: 43.05%

2. 바텐더: 38.43%

3. 마사지사: 38.22%

4. 간호사, 정신과 전문의, 재택 건강 도우미: 28.95%

5. 연예인, 운동선수 및 연예 · 스포츠 업계 종사자: 28.49%

6. 수화물 배달자, 수위: 28.43%

7. 텔레마케터: 28.10%

8. 웨이터 · 웨이트리스: 27.12%

9. 지붕 수리공, 가사 도우미: 26.38%

10. 요리사: 20.10%

11. 작가, 의사: 그들의 수입처럼 1위도 하고, 바닥도 친다.

-인터넷-

우정

*아내를 택할 때에는 수준을 한 단계 내리고, 친구를 선택할 때는
수준을 한 단계 높여라.

-탈무드-

우정은 길과 같아서 자주 다니지 않으면
잡초가 우거진다는 말이 있습니다.

우정은 책과 같아서 끝까지 다 읽어야만
진정한 친구가 될 수 있다는 말도 합니다.

좋은 친구를 많이 가진 사람들은 항상 친구를 위해 품을 많이
팔고 우정을 쌓는 일에 열심히 노력하고 있는 사람들입니다.

그들을 통해 '좋은 친구는 저절로 만들어지는 것이 아니다.'
라는 것을 배우게 됩니다.

친구들을 위해 시간도, 마음도 좀 내어주며 사는
우리가 되었으면 합니다.

한 인간이 일생을 행복하게 살 수 있도록,
지혜가 제공하는 것 중에서 가장 위대한 것은 우정이다.

시련과 성공

장미꽃은 가시의 틈에서 자란다.

-탈무드-

어느 날 카프만 부인이 책상 위에 누에고치를 올려놓고 나비
들이 누에고치에서 구멍을 뚫고 나오는 것을 관찰하였다. 구멍
보다 큰 나비들은 대단히 힘들게 빠져 나오는 것이었다. 그래서
고치의 구멍을 크게 만들어 주었더니 나비는 쉽게 나왔으며, 윤

기도 나고 덩치도 크고 보기도 아주 좋았다. 그 부인은 "이것만 큼은 신의 지혜가 나를 따라오지 못하는구나." 라고 스스로를 대단히 자랑스러워했다.

내가 신이라면 고치의 구멍을 크게 하여 나비가 쉽게 나오도록 했을 거라고 생각했다. 얼마 후 좁은 구멍에서 고생스럽게 나온 나비들은 훨훨 나는데 큰 구멍에서 쉽게 나온 나비는 날지를 못하고 날개만 파닥거렸다. 그 부인은 이상하여 세밀하게 관찰하더니 고치 속의 나비는 모든 영양분이 어깨에 있다는 것을 알았다.

좁은 구멍으로 나오는 나비는 어깨에 있던 영양분이 점점 날개로 밀려서 영양분이 골고루 퍼져 훨훨 나는 것이다. 그러나 큰 구멍으로 쉽게 나온 나비는 영양분이 어깨에만 있어서 어깨가 무거워 전혀 날지를 못하는 것이다.

부인은 크게 뉘우치며
"역시 신은 나보다 지혜가 있으시다"라고 고백하였다.

-카프만 '광야의 샘'-

커피는 약이다

*인생은 때때로 한 잔의 커피에 의해서 결정된다.

-R. 제임스-

커피는 약인가 독인가 커피를 꾸준히 마시면 파킨슨씨병을 예방할 수 있으며 알츠하이머병을 예방하고 이겨낼 수 있다. 알츠하이머 환자들은 발병 20년 전을 기준으로 정상인보다 커피 소비량이 훨씬 적었다. 최근의 쥐 실험 결과 매일 커피 다섯 잔에 해당하는 카페인을 섭취하면 대뇌를 파괴하는 베타아밀로이드 반점의 형성을 줄여 준다는 사실이 밝혀졌다.

커피를 꾸준히 마시면 성인에게 주로 나타나는 제2형 당뇨병의 발생 위험을 낮출 수 있다. 커피를 마시면 간경변을 예방할 수 있다. 10만여 명의 미국인을 대상으로 한 실험에서 하루에 4잔 이상의 커피를 마시는 사람에게는 간경변 발생 빈도가 80%나 줄어든 것으로 나타났다. 커피는 예부터 천식에 대한 치료약으로 사용돼 왔다. 카페인은 천식에 걸린 기관지의 이완과 확장을 도와주는 테오필린 성분과 관계가 있다.

2001년 한 메타분석에서 영국의 의사 팀은 커피 한 잔을 마시면 4시간까지 천식 치료 효과를 낸다고 결론지었다. 커피는 신장 결석 발생 빈도도 낮춰 준다. 왜냐하면 커피를 마시면 소변으로 더 많은 칼슘이 배출되기 때문이다. 커피에 들어 있는 카페인은 졸음을 일으키는 생체 분자인 아데노신 성분을 막아 주기 때문에 각성 효과를 낸다.

커피는 독이다

인체가 카페인을 흡수하기 위해서는 적어도 30분이 걸린다. 그래서 곧바로 각성 효과가 나타나지는 않는다. 카페인은 중독성이 강해 금단 현상도 나타난다. 커피에는 필터로 거의 걸러지긴 하지만, 혈중 콜레스테롤을 높이는 카페스톨 성분이 들어 있다. 커피를 마시면 위산 과다증도 악화할 수 있다. 커피의 부작용이 나타나려면 종일 커피를 달고 살아야 한다.

커피는 술과 같아 과하면 독이나, 하루 2잔 정도 마시면 약이 된다. 커피는 서양의 인삼으로 독보다는 약으로 생각하고 적당히 먹어야 한다.

정치인과 거지의 8대 공통점

정치를 직업으로 삼으면서 정직할 수는 없다.

-L.M.하워-

1. 입으로 먹고 산다.
2. 거짓말을 밥 먹듯이 한다.
3. 정년퇴직이 없다.
4. 출퇴근 시간이 일정치 않다.
5. 사람이 많이 모이는 곳에는 항상 나타나는 습성이 있다.
6. 내 구역 지역구 관리 하나는 똑소리 나게 한다.
7. 되기는 어렵지만 되고 나면 쉽게 버리기 싫은 직업이다.
8. 현행 실정법으로 다스릴 재간이 없는 골치 아픈 존재다

-유머집-

정치인과 개의 6대 공통점

1. 가끔 주인을 못 알아보고 짖거나 덤빌 때가 있다.
2. 미치면 약도 없다.
3. 어떻게 짖어도 개소리다.
4. 먹을 것만 주면 아무나 좋아한다.
5. 매도 그때 뿐 옛날 버릇 고칠 수 없다.
6. 자기 밥그릇을 절대 뺏기지 않으려는 습관이 있다.

-유머집-

공직 전설 '고건'의 비결

*청렴이 있는 곳, 그곳은 탐욕이 없고 영예만 존재한다.
-탈무드-

고건은 박정희 전 대통령부터 이명박 대통령까지 일곱 명 대통령의 부름을 받아 공무원의 전설이 되었다. 그 비결을 한 언론사와 인터뷰에서 밝혔다.

첫째 '줄 서지 말라'라는 것입니다. 선친이 공무원이 된 나에게 '여기저기 줄 서지 말라.'고 했어요. 능력으로 올라가라는 당부지요. 그래서 매사에 중도를 지키며 최선을 다했습니다.

둘째 '정성'입니다. '지극한 정성은 돌 위에도 풀이난다.'고 율곡 선생의 가르침을 지킨 것이지요. 다산도 '정성이 모든 것을 이루게 한다.' 하였습니다.

셋째 '돈 먹지 말라' 청렴입니다. 돈 몇 푼 받아 불명예 퇴진하느니, 청렴하게 살아 내 뜻을 펴는 것이 더 이익이라고 생각했습니다. 목민심서에도 '지혜로운 자는 청렴함이 이롭다는 걸 안다.'고 했습니다. 나중에 청렴이 내 브랜드가 됐지요.

넷째 금주입니다. 선친께서 '술 잘 마신다는 소문이 나지 않게 하라'고 하셨습니다. 솔직히 이건 잘 못 지켰습니다.

록펠러의 삶

록펠러는 33세에 백만장자가 되었고 43세에 미국의 최대 부자가 되었고 53세에 세계 최대 갑부가 되었지만 행복하지 않았다. 55세에 그는 불치병으로 1년 이상 살지 못한다는 사형선고를 받았다. 최후 검진을 위해 휠체어를 타고 갈 때, 병원 로비에 실린 액자의 글이 눈에 들어왔다. '주는 자가 받는 자보다 복이 있다.' 그 글을 보는 순간 마음속에 전율이 생기고 눈물이 났다. 선한 기운이 온몸을 감싸는 가운데 그는 눈을 지그시 감고 생각에 잠겼다.

조금 후 시끄러운 소리에 정신을 차리게 되었는데 입원비 문제로 다투는 소리였다. 병원 측은 병원비가 없어 입원이 안 된다고 하고 환자 어머니는 입원시켜 달라고 울면서 사정을 하고 있었다. 록펠러는 곧 비서를 시켜 병원비를 지불하고 누가 지불했는지 모르게 했다. 은밀히 도운 소녀가 기적적으로 회복이 되자 그 모습을 조용히 지켜보던 록펠러는 얼마나 기뻤던지 나중에는 자서전에서 그 순간을 이렇게 표현했다. '저는 살면서 이렇게 행복한 삶이 있는지 몰랐다.' 그때 그는 나눔의 삶을 작정했다. 그와 동시에 신기하게 그의 병도 사라졌다.

　그 뒤 그는 98세까지 살며 선한 일에 힘썼다. 나중에 그는 회고한다.
　'인생 전반기 55년은 쫓기며 살았지만 후반기 43년은 행복하게 살았다.'고

망할 때 나타나는 일곱 가지 현상

죄는 처음에는 나그네다. 그러나 그대로 두면 사람을
　망쳐 버린다.

-탈무드-

　　* 원칙 없는 정치
　　* 노동 없는 부(富)
　　* 양심 없는 쾌락
　　* 인격 없는 교육
　　* 도덕 없는 상업
　　* 인간성 없는 과학
　　* 희생 없는 종교
　　　　　-간디-

이것은 오늘 우리 사회의 자화상을 보는 것 같습니다.

그렇다면 우리는 이제 어떻게 해야 할까요? 다시 읽어 보니 우리의 현실을 예언한 듯합니다. 그러나 우리나라는 한강의 기적을 일으킨 세계를 놀라게 만든 대단한 나라입니다. 다시 한 번 정신을 가다듬어 제2의 도약을 할 거라고 생각합니다.

현재 우리나라의 신세대는 잘하고 있으며, 능히 정치 노동 양심, 인격, 도덕, 인간성, 종교 등 간디의 근심을 뛰어넘을 겁니다.

국회의장을 지낸 샘터사의 김재순 회장은 '난 오래 살아야겠다. 저렇게 똑똑한 젊은이들이 만들어 내는 멋진 미래의 우리 사회를 보기 위해서다.'
정말 맞는 멋진 말이다.

모기야 고맙다.

*야훼는 인간에게 '매사에 감사하라'고 하였다.
　　　　　　　　　　　　　　　　　　　－탈무드－

다윗 왕은 거미란 놈은 아무 곳에나 거미줄을 치는 더럽고 아무 쓸모가 없는 벌레라고 평소에 생각하고 있었다. 그러던 어느 날 전쟁터에서 그는 적군에서 포위되어 빠져나갈 길을 잃었다. 왕은 간신히 어느 동굴 속으로 숨어들게 되었는데, 마침 그 동굴 입구에는 거미 한 마리가 거미줄을 치기 시작하고 있었다. 곧 이어 그를 추격해 온 적군의 병사는 동굴 앞까지 왔으나, 동굴 입구에 거미줄이 있는 것을 보고 동굴 안에 사람이 없다고 생각하여 그냥 돌아가 버렸다.

또 다윗 왕은 적장이 잠자고 있는 방에 숨어 들어가 적장의 칼을 훔쳐 낸 다음, 이튿날 아침에 '내가 당신이 자고 있을 때 칼을 가져왔을 정도이니 마음만 먹었다면 당신의 목을 가져오는 것쯤은 간단히 해낼 수 있었소.' 하는 말을 전하여, 그의 마음을 변하게 하려는 꾀를 생각하고 있었다. 그러나 기회는 좀처럼 오지 않았다. 그러던 어느 날 밤 가까스로 적장의 침실에 숨어 들어갔는데, 칼이 적장의 다리 밑에 있어서 꺼낼 수가 없었다. 어쩔 수 없이 다윗 왕은 단념하고 돌아가려 했다. 바로 그때 모기 한마리가 날아와 적장의 다리 위에 앉았다. 적장은 무의식 중에 다리를 움직였다. 다윗왕은 그 틈을 이용해 재빨리 적장의 칼을 빼낼 수 있었다. 지혜! 세상에 모든 것은 다 소중하다.
                                                                    -탈무드-

미국 바로 알기 31가지

한 나라를 멸망하게 하는 것은 기근, 질병, 전쟁이다.

－탈무드－

1. 미국은 러시아, 캐나다에 이어 세계에서 세 번째 면적을 가진 나라이다.

   캐나다는 9,984,670 km²에 호수가 전국토의 8.92%이다.

   미국은 9,826,630km²에 호수가 6.76%이다.

2. 미국은 중국, 인도에 이어 인구가 세 번째이다. 약 3억5500만 명이다.

3. 백인이 60%, 흑인 14% 히스패닉이 19%, 아시아계가 6%, 인디안이 1%이다.

4. 백인 중엔 독일계 이민이 가장 많다. 이어서 아일랜드, 영국계이다.

5. 국민총생산(GDP)은 21조8000억 달러로 세계 1위, 1인당 국민소득은 6만3594 달러로 세계 5위이다. 삶의 질은 세계 11위.

6. 제퍼슨 대통령은 프랑스로부터 루이지애나 구매를 통하여 당시의 국토를 두 배로 늘렸다. 그 이후 미국은 알래스카를 러시아로부터 사들였고, 하와이와 텍사스 공화국을 합병했다.

7. 남북전쟁 때 죽은 군인이 2차 세계대전 때 죽은 군인보다 더

많다.

8. 미국은 2차 세계대전 때 경제가 오히려 발전한 유일한 참전 국이다.

9. 미국 영토에서 가장 높은 산은 알라스카의 맥캔리이다. 6194m이다.

10. 1513년에 최초의 유럽인이 플로리다에 상륙했다. 콜럼부스의 발견 21년 후이다.

11. 1634년까지 약 1만 명의 청교도가 뉴잉글랜드 지방에 정착했다. 미국 독립전쟁 때까지 약 5만 명의 죄수가 영국에서 건너왔다.

12. 독립전쟁 이후 미국은 영국과 1812년에 한 번 더 싸웠다. 1819년엔 스페인으로부터 플로리다와 해안지방을 빼앗았다. 1845년엔 텍사스 공화국을 합병했다.

   1848년 멕시코와 싸워 이긴 뒤 캘리포니아를 차지했다. 1861~65년 사이 남북전쟁이 있었고 분리주의자들이 영구적으로 정리되었다. 1898년엔 하와이를 병합했다.

   같은 해 괌, 사이판 등을 차지했다.

13. 흑인들이 남부에서 안심하고 투표할 수 있게 된 것은 1964년 민권법, 1965년 투표권 법안이 통과된 이후이다.

14. 미국 하원은 435석이다. 인구 비례이다. 상원의원은 한 개주에서 두 명씩 모두 100명이다. 7개 주는 하원의원이 한 명, 상원의원이 두 명이다. 하원은 임기 2년, 상원의원 은 임기 6년이다. 인구가 가장 많은 주는 캘리포니아, 가장 적은

주는 와이오밍이다.

15. 대법원 판사는 9명이다.

16. 민주당은 1824년, 공화당은 1854년에 창당되었다. 민주당은 서해안, 북동지방, 그리고 5대호 근방에서 강하다. 공화당은 남부, 대평원 지역, 그리고 록키산맥 지역에서 강세다. 자신을 민주당원이라고 말하는 이가 많으나 보수적이라고 말하는 이가 자유주의자라고 말하는 이보다 많다.

17. 부시는 43대 대통령이다. 역대 대통령은 거의 백인 남자였다. 흑인이 대통령이 된 적은 오바마, 케네디는 최초의 가톨릭 출신 대통령이었다.

18. 주는 연방으로부터 탈퇴할 권한이 없다.

19. 미국이 외교관계를 갖지 않은 나라는 북한, 이란, 대만, 수단, 부탄이다.

20. 미국은 정부와 민간 부문에서 매년 1230억 달러를 해외원조로 쓴다. 세계 1등이다.

21. 2006년도 미국의 군사예산은 5280억 달러로서 세계 전체 국방예산의 46%였다.
    GDP의 4.06%가 국방비이다.

22. 상위 1%가 미국의 부 33.4%를 소유하고 있다.

23. 미국의 1인당 에너지 소비량은 석유로 환산하여 매년 7.8t이다.
    독일은 4.2t. 총에너지 소비량의 40%가 석유, 23%가 석탄, 22%가 천연가스이다.

24. 미국인의 12%는 외국에서 태어났다. 79%가 도시에서 산다.
    뉴욕이 주변지역까지 합쳐서 1881만여 명의 인구로 가장 큰
    도시이다. 로스앤젤레스는 1295만 명으로 2위, 시카고 는
    950만 명으로 3위, 휴스턴이 554만으로 4위이다.

25. 76.5%는 기독교인. 기독교 인구의 비율이 줄고 있다. 신교
    는 52%, 가톨릭은26.3%.

26. 미국인의 평균수명은 79.8세로서 한국인보다 1년이 짧다.
    약 3분의 2가 과체중이다. 이 비율은 세계 최고이다.

27. 미성년자의 임신율은 여자 1000명 당 79.8명으로 세계 최고
    수준이다.

28. 15.9%의 미국인은 의료보험에 가입하지 않았다.

29. 10만 명당 5.7명이 매년 살인사건으로 희생된다. 약 230만
    명이 감옥에 있다. 100명중 한 명꼴이다. 한국에선 1000명
    당 한 명꼴로 교도소에 있다. 30. 50개주 가운데 37개주가
    사형집행을 한다. 1976년 이후 1천 명 이상이 처형되었다.
    2006년 미국은 중국, 이란, 파키스탄, 이라크, 수단에 이어
    여섯 번째로 많은 사형집행을 했다.

31. 미국인의 하루 평균 텔레비전 시청 시간은 5시간이다. 세계
    에서 가장 길다. 1200만 명이 블로그를 가졌다.

-Washington Post-

핸드폰 충전 시 조심

*지혜는 지식을 능가한다.　　　-탈무드-

　미국에서 온 생활안전에 관한 메일로서 누구나 알아야 하기 때문에 꼭 읽어 보시고 많은 분들에게 전달해 주시기 바란다.

　며칠 전 한 남자가 자기 집에서 그의 휴대전화를 재충전하고 있었다. 바로 그때 전화가 걸려 와서 그는 수화기가 충전기에 연결된 채 전화를 받았다. 몇 초 후 전류는 무한정으로 휴대전화에 흘러 들어가 그 젊은이는 크게 쿵하며 방바닥에 쓸어졌다. 놀란 그의 부모가 황급히 방으로 뛰어가 보니 아들은 의식을 잃었으며 심장은 약한 박동을 하고 손가락은 타 버린 상태였다. 그를 급히 인근 병원으로 옮겼으나 도착하자마자 죽었다는 말을 들었다.

　휴대전화는 매우 유용한 현대 발명품이지만 그러나 이것은 또한 죽음의 도구일 수도 있다는 것을 우리는 알아야 한다. 휴대전화를 충전기에 연결한 채 사용해서는 절대로 안 된다. 이 사실을 많은 분들에게 전해 주시기 바란다.

얼굴의 우리말 뜻

※사람이 생각하는 것은 모두 얼굴에 나타난다.

−탈무드−

얼(魂)이 들어 있는 굴(窟), 얼이 들어오고 나가는 굴을 얼굴
이라 한다.

얼굴이란 우리말의 의미는

얼 : 영혼이라는 뜻이고

굴 : 통로라는 뜻이다.

그래서 얼이 빠진 사람, 얼간이, 얼이 나간 사람, 멍한 사람
들을 보면 얼이 빠졌다고 한다. 죽은 사람의 얼굴과 산 사람의
얼굴은 다르듯이 기분이 좋은 사람의 얼굴과 기분이 나쁜 사람
의 얼굴도 다르다. 사람의 심리를 파악하려고 먼저 얼굴을 바라
보는 것은 사람의 얼굴은 마음의 상태에 따라 달라지기 때문이
다.

사람의 얼굴은 영혼이 나왔다 들어왔다 하기에 변화무쌍한
얼굴을 가지게 된다. 얼굴이 인격의 현 주소인 것은 얼굴 표정
을 통해 감정이 나타난다.

웃는 얼굴, 화난 얼굴, 놀란 얼굴, 무심한 얼굴, 냉정한 얼굴! 변화무쌍한 얼굴은 정직하다.

표정이 그 사람의 인생을 결정하며 표정과 감정의 관계는 불가분의 관계라고 한다.

처음 사람을 만났을 때 첫인상이 결정되는 시간은 6초가 걸리며 첫인상이 결정하는 요소는 외모 표정 행동이 80%, 목소리의 높낮이 말하는 방법이 13%, 인격이 7%가 차지한다고 한다.

신체의 근육 가운데 얼굴의 근육은 80개로 가장 많이 가지고 있어 오묘하다고 합니다. 시시때때로 변화되어지는 것이 얼굴 모습 또한 변화되는 얼굴은 7천 가지의 표정을 지을 수 있다고 한다.

나이가 들면 그 사람의 얼굴에 살아온 삶의 흔적이 나타나는 데 항상 마음을 평화롭고 따뜻하게 유지하여 자신의 얼굴을 가꾸어야 한다.

언제 보아도 반가운 얼굴, 기쁨을 주는 얼굴, 자신감이 넘치는 얼굴, 영혼이 함께하는 얼굴, 사랑을 나누어 주는 얼굴을 가꾸어 가야 한다.

―탈무드―

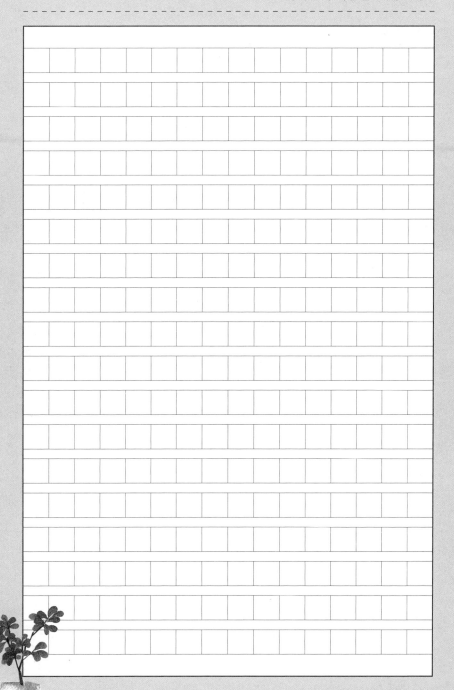

제8장

겨울이 다시 온다면 봄은
어찌 멀었는가?

세상에서 가장 아름다운 모습

*아름다움은 얼굴뿐만 아니라 그 사람과 그 노력의
조화 속에 있다.*

−탈무드−

시장 통 작은 분식점에서 찐빵과 만두를 만들어 파는 어머니
가 있었습니다. 어느 일요일 오후, 아침부터 꾸물꾸물하던 하늘
에서 비가 떨어지기 시작했습니다.

소나기였습니다. 그런데 한 시간이 지나도 두 시간이 지나도
그치기는커녕 빗발이 점점 더 굵어지자 어머니는 서둘러 가게
를 정리한 뒤 큰길로 나와 우산 두 개를 샀습니다.

그 길로 딸이 다니는 미술학원 앞으로 달려간 어머니는 학원
문을 열려다 말고 깜짝 놀라며 자신의 옷차림을 살폈습니다. 작
업복에 낡은 슬리퍼, 앞치마엔 밀가루 반죽이 덕지덕지 묻어 있
었습니다. 안 그래도 감수성 예민한 여고생 딸이 상처를 입을까
걱정된 어머니는 건물 아래층에서 학원이 파하기를 기다리기로
했습니다.

한참을 서성대던 어머니가 문득 3층 학원 창가를 올려다봤을 때, 마침 아래쪽의 어머니를 내려다보고 있던 딸과 눈이 마주쳤습니다. 어머니는 반갑게 손시늉을 했지만 딸은 못 본 척 얼른 몸을 숨겼다가 다시 삐죽 고개를 내밀고, 숨겼다가 얼굴을 내밀곤 할 뿐 초라한 엄마가 기다리는 걸 원하지 않는 것 같았습니다. 슬픔에 잠긴 어머니는 고개를 숙인 채 그냥 돌아섰습니다.

　한 달 뒤, 어머니는 딸의 미술학원에서 학생들의 작품을 전시한다는 초대장을 받았습니다. 딸이 부끄러워할 것만 같아 한나절을 망설이던 어머니는 저녁이 다되어서야 이웃에게 잠시 가게를 맡긴 뒤 부랴부랴 딸의 미술학원으로 갔습니다.

　"끝나 버렸으면 어쩌지." 다행히 전시장 문은 열려 있었습니다. 벽에 가득 걸린 그림들을 하나하나 훑어보던 어머니는 한 그림 앞에서 그만 가슴이 덜컹 내려앉았습니다.

　'세상에서 가장 아름다운 모습' 비, 우산, 밀가루 반죽이 허옇게 묻은 앞치마, 그림 속엔 학원 앞에서 딸을 기다리던 날의 초라한 어머니 모습이 고스란히 들어 있었습니다. 그날 딸은 창문 뒤에 숨어서 우산을 들고 서 있는 어머니의 모습을 화폭에 담고 가슴에 담았던 것입니다. 어느새 어머니 곁으로 다가온 딸이 곁에서 환하게 웃고 있었습니다.

　모녀는 그 그림을 오래 오래 바라보았습니다. 세상에서 가장 행복한 모습으로…

−카카오 톡−

세상에서 가장 좋은 글

*아름다움은 진리가 빛을 내는 것이며 영원한 환희다.

                                                              -키츠-

[가]장 소중한 사람이 있다는 건 행복입니다.

[나]의 빈자리가 외로워 보이지 않는 건 소중한 친구들
　　때문입니다.

[다]른 사람이 당신을 기다리는 것은 자신의 또 다른
　　행운입니다.

[라]일락의 향기와 같은 향을 찾는 것은 그리움입니다.

[마]음속 깊이 그리는 것은 간절함입니다.

[바]라볼수록 더 생각나는 것은 설렘입니다.

[사]랑한다는 말 한마디보다 더 빛나는 것이 우정입니다.

[아]무런 말하지 않아도 함께 있고 싶은 것이 편안함입니다.

[자]신보다 더 이해하고 싶은 것은 배려입니다.

[차]가운 겨울이 춥지 않은 것은 당신의 따뜻함 때문입니다.

[카]나리아 같은 목소리로 미래 각본 없는 드라마!
　　감동입니다.

[타]인이 아닌 내가 당신 곁에 자리하고 싶은 것은 나의 마음
　　입니다.

[파]아란 하늘과 구름처럼 당신과 하나가 되고 싶음은 기다림
  입니다.

[하]얀 종이 위에 쓰고 지금 쓰고 싶은 말은 사랑입니다.

-인터넷-

1969년, 영국 런던.

사랑은 한계가 없다.　　　　-영국BBC-

　런던의 백화점에서 행사용으로 전시했던 어린 사자 한 마리
를 팔려고 내놓았고, 좁은 우리에 갇혀 외롭게 지내는 그 어린
사자를 런던에 거주하는 호주인 2명이 데려다 집에서 기르기 시
작했다.

　그들은 이 사자를 Christian이라고 이름 붙였고 이들이 사
는 지역의 교구에서도 교회 부속의 잔디밭에서 Christian이 뛰
어놀 수 있도록 허락했다. 이렇게 Christian은 새 주인과 행복
한 어린 시절을 보냈지만 너무 빨리 덩치가 커지는 바람에 더
이상 도시에서 키우기가 힘들어졌다. 동물애호가인 두 사람은
Christian을 아프리카 야생으로 돌려보내야만 했다.

그로부터 1년 후, 두 사람은 Christian을 만나고 싶어 했지만 그들에게 전해진 소식은 이미 Christian이 완전히 야생화되었고 자신의 사자 무리를 이끄는 우두머리가 되어 있으며 두 사람을 본다고 해도 기억하지 못할 거라는 것이었다.

하지만 두 사람은 그래도 그를 보기 위해 아프리카로 간다. 한참을 찾아다닌 끝에 그들은 마침내 사자의 무리를 찾아내는 데 성공하였다.

사자가 옛 주인을 보자마자 금방 기억해 내고 무리의 우두머리 수사자의 위엄을 벗어던진 채 옛 주인을 껴안고 얼굴을 부벼대며 변함없는 애정을 표현하는 것이었다. 암사자 아내까지 데려와 소개시켜 주는 사자, 감격스럽고 대견하게 바라보는 사람들, 감동적인 인간과 사자의 사랑이다.

"Love knows no limits." 사랑은 한계가 없다.

−BBC−

시련을 이기는 법

*많은 고난을 겪은 사람은 지혜도 그만큼 많다.

−탈무드−

대부분의 인간관계는 힘겨운 시기를 거치기 마련입니다.
두 사람 가운데 누군가 힘겨워 할 때 잠시 한 걸음 뒤로 물러나
마음을 다치지 않을 한 마디 조언이나 행동을
곰곰이 떠올려 보는 것이 중요한 이유도 바로 그 때문이랍니다.

그 사람에게 필요한 것은 스스로를 헤아려 볼 시간일 뿐
당신을 거절하는 게 아니라는 걸 잊어서는 안 되죠.

당신이 가만히 침묵하더라도 그것은 그 사람과 함께이길 원치
않아서가 아니라
단지 힘겨운 시기를 헤쳐 나갈 지혜를 떠올리고 있기 때문일 거
예요.
서로에게 좀 더 인내심을 가져 봐요.
그러곤 서로의 속마음을 존중하며 말없이 지켜보세요.

두 사람이 각자의 마음에 내면의 힘을 길러 낸다면 훨씬 더 슬기
롭게 어려운 시기를 견뎌 낼 수 있을 테니까요.

−셜린A. 포스턴−

소중한 삶

*삶은 한낱 이슬과 같은 것, 사람의 한평생은 지나가는
그림자와 같다.

-탈무드-

골짜기에 피어난 꽃에도 향기가 있고 버림받은 잡초 더미 위에도 단비가 내립니다.

온실 속에서 사랑받는 화초가 있는가 하면 벌판에서 혹한을 견뎌내는 작은 들꽃이 있습니다. 무참하게 짓밟히는 이름 없는 풀잎 하나도 뭉개지는 아픔의 크기는 우리와 똑같습니다.

계절 없이 사랑받는 온실 속의 화초보다는 혹한을 참아 낸 들꽃의 생명력이 더 강합니다.

봄 여름 가을 겨울 사계절의 의미는 뿌리를 살찌우기 위한 대자연의 섭리입니다.

잘났거나, 못났거나 선택받은 인생에는 각자에게 부여된 소중한 삶이 있습니다.

세상에 사랑 없이 태어난 것은 아무것도 없습니다. 모두가 소중합니다.

살아간다는 일이 힘들고 괴로워도 마지못해 살아가는 어리석음은 없어야 합니다.

암에 관한 최신 소식 16

사람은 흙에서 난 몸이니 흙으로 돌아갈 때까지 이마에 땀을 흘려야 살 수 있다. 인간은 먼지와 같으니 먼지로 돌아가리라.

-탈무드-

1. 모든 사람들은 몸에 암 세포를 가지고 있다.

   이 암세포들은 스스로 수십억 개로 복제될 때까지 일반적 검사에는 나타나지 않는다.

   의사가 치료 후 암 환자에게 더 이상 암 세포가 없다고 말하는 것은 암 세포를 찾아내지 못했다는 것을 의미할 뿐인 것이다. 왜냐하면 그 암 세포가 발견하지 못할 크기로 작아졌기 때문이다.

2. 암 세포들은 사람의 수명 기간 동안 6배에서 10배 이상까지 증식한다.

3. 사람의 면역 체계가 충분히 강할 때 암 세포는 파괴되며, 증식되거나 종양을 형성하는 것이 억제된다.

4. 사람이 암에 걸리면 복합적인 영양 결핍을 보인다. 이것은 유전적, 환경적, 식생활, 그리고 생활습관 상의 요인들에 의한 것이다.

5. 복합적인 영양 결핍을 극복하기 위해, 건강보조식품을 포함한 식습관을 바꾸는 것이, 면역 체계를 강화시킨다.

6. 항암주사 요법은 급속히 성장하는 암 세포를 독살하는 것이다. 그러나 골수, 위장 내관 등에서 급속히 성장하는 건강한 세포 역시 파괴한다. 뿐만 아니라 간, 콩팥, 심장, 폐 등과 같은 기관까지도 손상을 야기한다.

7. 또한 방사선치료 요법은 암세포를 파괴하는 동안 방사선은 건강한 세포, 조직, 기관 역시 태우고, 흉터를 내고, 손상을 입힌다.

8. 화학적 요법과 방사선의 주요 처치는 종종 종양의 크기를 줄이기는 한다. 그러나 화학적 요법과 방사선의 오랜 사용은 더 이상의 악성종양 파괴를 가져오지는 않는다.

9. 인체가 화학적 용법과 방사선으로부터 많은 독한 부담을 가지면, 사람의 면역 체계는 굴복하거나 파괴되고 만다. 또한 사람은 다양한 감염과 합병증에 의해 쓰러질 수 있다.

10. 화학적 요법과 방사선은 암 세포를 돌연변이시킬 수 있으며, 저항력을 키워, 파괴되기 어렵게 만든다. 수술 역시 암 세포를 다른 곳으로 전이시킬 수 있다.

11. 암과 싸우기 위한 효과적인 방법은 암 세포가 증식하는 데 필요한 영양분을 공급하지 않음으로써, 암 세포를 굶어 죽게 해야 하는 것이다.

12. 육류의 단백질은 소화가 어렵고 많은 양의 소화효소를 필요로 한다.(과식은 피한다.) 소화되지 않은 육류는 창자에 남아서 부패되거나 더 많은 독소를 만들게 한다.

13. 암세포벽은 견고한 단백질로 쌓여 있다. 육류 섭취를 줄이거

나 삼감으로써, 더 많은 효소가 암세포의 단백질 벽을 공격할 수 있도록 하여 인체의 킬러 세포가 암세포를 파괴하도록 만든다.

14. 몇몇 보조식품들(항산화제, 비타민, 미네랄, EFAs 등)은 인체 스스로 암 세포를 파괴하기 위한 킬러 세포를 활성화하여, 면역 체계를 형성한다. 비타민E와 보조식품들은 인체의 자연적 방법에 의해, 암을 죽이는 것으로 알려졌다.

15. 암은 마음, 육체, 정신의 질병이다. 활동적이고 긍정적인 정신은, 암과 싸우는 사람을 생존자로 만드는 데 도움을 준다. 분노, 불관용, 비난은 인체를 스트레스와 산성의 상태로 만든다. 사랑하고 용서하는 정신을 배워라.

16. 암세포는 유산소 환경에서는 번성할 수 없다. 매일 운동을 하고 심호흡을 하는 것은 암 세포를 파괴하기 위해 좋다.

-하버드 메디컬-

암도 이길 수 있다 1

사람이 죽을 때는 그가 인생에서 무엇을 해왔는지를 모두 알고 있기 때문에 이때야말로 슬퍼하지 말고 기뻐해야 한다.

−탈무드−

* 설탕은 암을 키우는 영양분이다.

    설탕 섭취를 줄이는 것은 암 세포에 영양분을 공급하는 중요한 한 가지를 없애는 것이다.

* 우유는 인체 특히 위장 내 관에서 점액을 생산하도록 한다. 암은 이 점액을 먹는다. 따라서 우유를 줄이고 무가당 두유로 대체하면, 암 세포는 굶어 죽을 것이다.

* 암 세포는 산성(acid) 환경에서 나타난다. 육식 중심의 식생활은 산성이다. 생선을 먹는 것과 소고기나 돼지고기보다, 약간의 닭고기가 최선이다. 또한 육류는 또한 가축 항생제, 성장 호르몬과 기생충을 포함하고 있다. 이것들은 모두 해로운데, 특히 암 환자에게 해롭다.

* 80% −신선한 야채와 주스, 잡곡, 씨, 견과류, 그리고 약간

의 과일로 이루어진 식단은 인체가 알칼리성 환경에 놓이도록 도와준다. 20%는 콩을 포함한 불에 익힌 음식들이다. 신선한 야채 주스는 살아 있는 효소를 생산하며, 이것은 쉽게 흡수되어 15분 안에 세포에까지 도달하고, 건강한 세포에게 영양을 공급하여 성장을 돕는다. 건강한 세포를 만들기 위한 살아있는 효소를 얻으려면 신선한 야채 주스를 마시고, 하루에 두세 번 생야채를 먹도록 노력해야 한다.

＊ 카페인을 많이 함유한 커피, 홍차, 초콜릿을 피하라. 녹차는 암과 싸우기 위한 좋은 대용품이다. 독소와 중금속을 피하기 위하여 수돗물이 아닌 정수된 물을 마시는 것이 최선이다. 증류된 물은 산성이라 피하는 것이 좋다.

-GW신문-

암도 이길 수 있다 2

*죽음에 대해서는 어느 누구도 사면을 받을 수 없다.

-탈무드-

〈씹을수록 건강해진다〉를 쓴 니시오카는 쿄토대학 의학부를 졸업하였으며 미국 아인슈타인연구소 대학교수를 역임했으며 방사선과 화학물질의 독성 메커니즘 연구전문가다. 그는 세계에서 처음으로 타액(침)의 독성 제거 능력을 연구과제로 도입한 학자이며, 식품첨가물, 농약, 화장품의 독성 연구에 대해서 국제적으로 높은 평가를 받고 있다.

니시오카 하지메 교수는 어린 시절 할머니로부터 곧잘 "씹어라, 꼭꼭 씹어 먹어라, 씹을수록 건강해진다"하는 말을 들으면서 자랐으며, 오랜 세월에 걸쳐서 타액 연구를 하는 동안 경험적으로 쓰이고 있던 이 말의 근거를 처음으로 과학적으로 해명할 수 있게 되었다고 한다.

꼭꼭 씹지 않으면 병에 걸린다,

옛날에도 두부와 같은 부드러운 가공식품이 있었으니 부드러운 식품이 모두 나쁜 것은 아니지만, 사람들의 입맛을 자극하는 가공식품 대부분은 잘 씹지 않아도 먹을 수 있는 부드러운 음식이고, 대체로 화학첨가물인 향료, 착색료, 조미료가 잔뜩 섞인 죽음을 부르는 식품들이 많다. 니시오카 하지메에 따르면, 잘 씹지 않으면 타액이 부족하여 충치가 많아지고, 쉽게 암에 걸릴 뿐만 아니라 뇌졸중, 심장병, 당뇨병이나 치매와 같은 질병에 걸릴 확률도 높아진다고. 뿐만 아니라 꼭꼭 씹지 않는 것은 비만의 원인이 되기도 한다.

토요토미 히데요시에 이어 300년에 걸친 도쿠가와 시대를 닦은 도쿠가와 이에야스의 건강 10훈 중에도 꼭꼭 씹기가 가장 강조되었다고 한다.

"도쿠가와 이에야스는 당시로서는 드물게 76세까지 건강을 유지하며 장수한 인물이다. 그는 식생활도 소박해 보리밥과 된장국을 주식으로 했으며 술도 그다지 즐기지 않았다고 한다.

그는 건강 10훈을 남겼는데, 그 첫 번째가 '한 입에 48번 씹기'이다."

훗날 일본 국립위생연구소의 연구 결과에 따르면 생선 탄 부위를 먹는 것이 암을 발생시키는 원인이 아니라는 것이 밝혀졌지만, 사람들은 대부분 불에 탄 고기를 먹으면 암에 걸린다는 잘못된 상식을 믿고 있다.

음식을 꼭꼭 씹으면 독성이 사라지는 이유는 무엇인가? 지은이에 따르면 타액에 포함된 성분 중에서 페록시다아제가 독성 제거 작용을 하며 활성산소를 제거하는 메커니즘을 통해 이루어진다고 한다. 따라서 탁월한 활성산소 제거 능력을 갖춘 타액을 활용하면 암을 비롯한 각종 병을 예방할 수 있으며, 아기에게는 타액보다 더 효과가 높은 모유를 먹여야 한다고. "다이옥신과 같은 많은 환경 독성물질이 활성산소를 발생시키지만, 모유는 이러한 활성산소를 충분히 제거하는 능력을 가지고 있기 때문이다."

꼭꼭 씹는 것만으로 얻을 수 있는 효과는 얼마나 더 있을까?

* 꼭꼭 씹으면 뇌 기능이 활성화되고 기억력이 좋아진다.
* 꼭꼭 씹으면 면역력이 향상된다. 감기 기운이 있으면 음식을 꼭꼭 씹어 먹어야 한다.
* 꼭꼭 씹으면 노인성 치매를 예방할 수 있다.
* 타액에는 젊어지는 호르몬이 있어 꼭꼭 씹으면 건강해진다.

―교토대―

북극에 사는 의지의 한국인들

*사람은 의지의 주인이 되고, 자신의 양심의 노예가 되어야 한다.

-탈무드-

훼어뱅크라는 도시는 알라스카에 있으며 북위 65도에 위치하는 북극에 자리 잡고 있다. 알라스카 주도(主都) 주노에서 훼어뱅크까지 육로(陸路)를 이용하여 자동차로 갈 작정이라면 3일 걸리며 앵커리지에서도 360마일에 달하는 멀고 먼 곳이다.

훼어뱅크(Fairbanks)라고 하는 도시는 북극권에 속하며 지구상에서 자동차로 갈 수 있는 최북단에 위치하는 도시다. 도시 주민 3만 명 중에서 한국인은 무려 1천명이 거주한다. 모텔, 식당, 무역, 운송, 자동차 정비업소, 학원 기타 업에 종사한다. 더 북쪽에 에스키모들이 사는 바로우(Barrow)의 교통수단은 수상 비행기나 개썰매에 의지하는 마을에도 한국인의 불타는 상혼이 존재한다.

러시아와 국경을 맞대고 있는 베링 해안 도시 놈(Nome)은 오지 중의 오지인데 이곳에서도 악착같은 한국인의 삶은 이어진다.

윌리엄 사운드만 바다를 넘어 파이프라인의 종착지 발데스 만(灣)의 적막한 물새만 나는 곳에 모텔을 운영하여 단단한 기반을 잡은 한인은 두 사람씩이나 있다. 어부들의 전진기지 호머(Homer)와 알류샨 열도(Aleutian Range)에 붙어 있는 외로운 섬 코디액(Kodiak)에도 한국인의 눈동자가 오늘도 빛나고 있다. 이들의 피나는 노력과 눈물이 바로 국력이다.

알라스카에서는 주정부에서 돈이 남아 작년에는 남녀노소 연령 불문하고 주민 한 사람에 2천69불씩 나눠줬고 작년에는 1천305불씩 나눠줬다.

-알라스카 주정부-

세계에서 가장 비싼 제품 9

*소유의 본능은 인간 본성의 기초이다.

-H.제임스-

1. **가장 비싼 휴대폰 : 아이폰 3GS SUPREME 3백 15만달러 (38억 원)**

   Stuart Hughes라는 디자이너가 제작한 아이폰으로서 도 금이 아닌 순금으로 만든 몸체에 190개 이상의 다이아몬드 를 박아 놓았다.

   특별히 앞면 하단에는 큼직한 다이아가 박혀 있다.

2. **가장 비싼 시계 : 파텍 필립 칼리버(Patek Philippe Caliber 89) 500만달러(60억 원)**

   가장 비싼 시계는 회중시계로서 세계에서 가장 복잡한 시 계로 알려져 있다.

   33가지의 다른 기능이 있고, 제작 기간만 9년이 걸렸다고 한다.

   파텍회사의 150주년 기념으로 제작된 제품이다.

3. **가장 비싼 자동차 : 부가티 베이론 에르메스 (Bugatti Veyron Fbg par Hermes) 2백 37만달러(30억 원)**

명품 제조업체인 에르메스와 손잡고 스페셜 에디션으로 만들었다.

4. **가장 비싼 펜** : 오로라 디아망테 펜(Aurora Diamante Pen) 1백 5십만달러(18억원)
이탈리아 만년필 명품 브랜드 오로라에서 제작된 것으로 백금, 로듐 등의 귀금속에 사용되었고 다이아몬드 30캐럿이 장식되어 있다. 더 대단한 것은 일 년에 한 자루밖에 만들지 않는다.

5. **가장 비싼 휴대폰 케이스** : 아이폰 다이아몬드 케이스 3만 4000달러(4천만 원)
역시 가장 비싼 휴대폰인 아이폰에 걸맞게 같은 기종의 케이스는 39개의 다이아몬드로 장식되어 있다.

6. **가장 비싼 양복** : 알렉산더 아모스 신사복 1만 불(1억 원)
디자이너 자신의 이름을 붙인 알렉산더 아모수라는 이 옷은 금·백금실과 희귀 실크, 히말라야 염소, 북극지역 사향소), 남미 야생동물 털 등의 혼방으로 만들어졌으며 18금과 다이아몬드로 된 9개의 단추로 장식되어 있다.

7. **가장 비싼 집** : 1억 5000만 달러(2천억 원)
집 구경 자세히 해보시려면 이곳으로 캘리포니아주 LA의

홈비힐스 맨션이라는 주택으로서 현재 제시된 가격은 미국에서 가장 비싼 금액인 1억5000만불이니 우리 돈으로 약 2천 억 정도 되네요. 따라서 세계에서 가장 비싼 매물이 될 것이다.

8. 하룻밤 숙박비가 가장 비싼 호텔(6억6천만 원)

프레지던트 윌슨 호텔의 스위트룸 1박 6만5천 달러 스위스 제네바의 프레지던트 윌슨호텔의 로얄 펜트하우스 스위트룸이 가장 고가이다. 호텔의 최상층을 전부 사용하고 있으며, 문과 유리가 방탄으로 되어 있고 4개의 침실이 있다.

9. 가장 성능이 좋은 플래시 메모리 : RamSan-6200.4백 40만 달러(50억 원)

100테라바이트(100TB)에 초당 60GB를 처리하는 텍사스 메모리 시스템즈(TMS)의 RamSan-6200 제품이다. 재미있지만 이상한 세상이다.

-LA타임-

자랑스러운 한국의 10대 첨단 기술

자기 자신을 자랑하는 것이 남을 욕하는 것보다 낫다.

-탈무드-

1. 극지용 드릴 쉬프 - 삼성중공업

   심해 해저 1만1000m서 원유 뽑아 올려 초속 41m 강풍에
   도 끄떡없어 어떻게 시추하나 선박 바닥에 30m×40m 구
   멍 굴착기 달린 파이프 터널로 해저에 파고들어가 수익성
   1대당 6000억~1조원 연 15조원 시장 한국이 독점하고 있
   다.

2. 적층 세라믹 콘덴서 - 삼성전기

   가로 0.6㎜, 세로 0.3㎜ 초소형 전기 장치 휴대폰 · PC 등
   전자제품 핵심부품
   눈곱보다도 작은 0.3㎜ 두께의 적층 세라믹 콘덴서. 와인
   잔 하나의 분량이 약 1억5000만원의 가치를 갖는다.
   어떻게 만드나 0.3㎜ 높이에 세라믹과 금속을 교대로 최고
   1000겹까지 쌓아 수익성 해외 경쟁사보다 1년 이상 기술
   앞서 올 2분기 매출 1조3000억원, 사상 최대이다.

3. IPS LCD 패널 – LG 디스플레이

어느 각도서도 선명한 화면 옆에서 보면 뿌옇게 보이는 현상 해결 어느 각도에서 봐도 선명한 화질을 즐길 수 있는 LG디스플레이의 LCD 패널. 어떻게 만드나 수평으로 액정 배치한 새 기법 외부 압력에도 곧바로 원상회복 수익성 18조원 세계 LCD 시장 점유율 1위 한국·대만 업체가 시장 주도한다.

4. 해수 담수화 기술 – 두산중공업

바닷물에서 염분·불순물 제거해 식수로 '21세기의 블루골드' 세계 최고 기술 보유 구불구불한 관으로 이뤄진 해수 담수화 증발기. 축구장 하나 크기의 이 증발기는 바닷물을 식수로 만드는 마법의 장비다. 수익성 공사 하나가 수천 억 ~ 1조원 6년 내 연 9조원 규모로 확대 예상된다.

5. 용융탄산염 연료전지 – 두산중공업

화력발전소에서 발생한 이산화탄소 농축 수소·산소 결합시켜 물·전기 만들어 수소와 산소를 결합시켜 전기를 만드는 차세대 기술, 용융탄산염 연료전지. 시장 전망 발전 효율 높고 이산화탄소 줄여 친환경 미래 기술로도 각광 수익성 상용화까진 아직 먼 편, 2015년 세계시장 수십조 원 예상된다.

6. 지능형 전조등 - 현대모비스

도로 · 기후 맞춰 자동으로 헤드램프 방향 · 각도 조절 밤길 운전 · 코너링 때 유용

핸들을 돌리면 따라서 돌아가는 지능형 전조등. 도로 상태와 날씨에 맞춰 스스로 조명을 제어한다. 어떻게 작동하나 중앙제어장치가 위성정보 분석 구동기를 통해 전조등 원격 조종

수익성 국내외 자동차 업계의 화두 고급차서 중소형차로 확산, 성장 가능성 매우 높다

7. 어드밴스드 에어백 - 현대모비스

위치 · 키 · 몸무게 종합측정 승객 개개인에 맞춰 에어백 펴져

승객의 앉은키, 몸무게, 위치 등을 측정해 에어백이 펴지는 강도를 자동 제어하는 어드밴스드 에어백. 어떻게작동하나 수십 개 센서 · 통제장치 장착 속도, 충돌 강도까지 계산 수익성 북미 · 유럽선 장착 의무화 2008년 세계시장 1100만개 예상된다.

8. LED TV - 삼성전자

1초에 영상 240장 구현 빠른 화면 때 잔상 남는 문제 해결

두께가 2.9㎝에 불과한 삼성전자의 LED TV. 어떻게 만드나 반도체 발광장치를 TV 측면에 장착 두께도 획기적으로 줄여 수익성 매년 2배 급성장, 2012년 6400만대 예상 사실

상 한국의 독무대다.

9. 차세대 고속철 – 현대로템

최고 시속 400㎞ 독자개발 헬기보다 빠른 친환경 초고속 열차 현대로템의 차세대 고속철. 헬리콥터보다 빠른 시속 400㎞로 달릴 수 있다.어떻게 만드나 열차 무게 줄여 공기 저항 최소화 대용량 모터 개발로 속도 높여 수익성 한 량 평균 30억~50억원 미국ㆍ 남미ㆍ중동 등이 소비시장이다.

10. 항공기 복합소재 – 대한항공

탄소섬유 사용 알루미늄 합금보다 30% 가벼워 충격ㆍ고온에 잘 견디고 연료 절감 효과 탄소섬유강화 복합소재로 만든 비행기 날개. 강하면서도 가벼워 연료절감 효과가 크다. 어떻게 만드나 비행기 틀 위에 복합소재 30~60겹 둘러싸 화로에 넣고 구워내면 동체 완성 수익성 복합소재로 만든 항공기 이미 상업화 보잉사도 한국기술 인정하였다.

－지식경제부－

명상을 하는 법

*조용히 명상하는 시간을 가지지 못하는 사람의 정신은
병들 수밖에 없다.

−탈무드−

[명상1]

집에서 혼자 하실 때에는

스트레칭과, 손발과 몸의 굳은 곳을 주물러서 몸을 전체적으로 부드럽게 이완시킨 후 바르고 편한 자세, 눕거나 바르게 앉는 자세, 또는 바로 서 있는 자세 등이 좋습니다. 중요한 건 바르고 편한 자세라는 것!

이런 자세로 눈을 감고, 눈을 감은 상태에서 시선은 코끝을 거쳐 아랫배를 바라보는 게 좋습니다. 아니면 시선을 아래로 내리 깔면 눈이 스스로 반쯤만 열려 있는 상태가 되는데 이것도 좋습니다. 그런 상태에서 숨을 편하게 쉬면서 호흡을 고릅니다. 숨을 깊고 고르고 편안하게 쉬면서 호흡에 집중해 주고, 의식이 충분히 이완되고, 깊어집니다.

여기서부터 진짜 명상에 들어가는데 아침이라면 오늘 하루의 일에 대한 일정을 세워 보고, 스스로 바르고 고운 마음가짐을 갖도록 스스로에게 다짐하거나, 저녁이라면 오늘 하루 있었던 일들에 대한 내 감정, 어떤 반응 등을 천천히 바라보면서, 좋지 않았던 생각, 좋지 않았던 감정, 이런 것들을 고치도록 다짐하고 노력하는 등의 교정을 합니다.

자신의 의식에 대한 깊은 탐색과 관찰을 하면서 스스로 밝고, 바르고, 깨끗한 생각과 마음을 갖도록 노력하는 것 등을 명상이라고 할 수 있겠습니다. 이런 과정 등을 거친 후 명상이 끝나면 멈추어 있던 몸을 다시 풀어 주는 스트레칭과 손을 마주 비벼서 뜨겁게 한 후, 얼굴, 눈 주위, 목, 어깨 등을 가볍게 마사지해주고, 기지개, 가벼운 팔굽혀펴기 등의 근력운동으로 몸에 활력을 불어넣어 주면 좋습니다.

주변 환경은 너무 밝지 않고, 너무 시끄럽지 않은, 편안하고 조용한 분위기가 좋습니다. 명상에 깊이 들어갔다가 옆에서 건드리거나 자극이 생기면 깜짝 놀라서 깨게 되는데 조심해야 합니다.

[명상2]
*무릎을 꿇거나 책상다리로 앉되 허리를 곧게 펴는 것이 가장 중요하다. 양손은 가볍게 말아 쥐고 몸 쪽 가까이 허벅지 위에 올려놓아 어깨가 구부러지지 않도록 한다. 고개는 아

래턱을 약간 끌어당기는 기분으로 반듯하게 유지한다.

*무릎이 아파서 자세를 고쳐 앉을 경우에는 상체가 많이 흔들리지 않도록 조심해야 한다. 수행 중 몸을 심하게 움직이면 뭉쳐져 있던 정기가 흩어져 버리기 때문에 가능하면 몸을 움직이지 말아야 한다. 수행 중 다리가 저리면 발바닥 중앙의 용천혈을 살짝 눌러주면 풀린다.

*눈은 지그시 감거나 혹은 자기 코앞이 보일 정도로 반개한다.
*의식은 하단전에 두거나 좋은 글소리에 집중해서 소리와 내가 하나가 되도록 하며 읽는다. 의식을 밖으로 분산시키지 말고 자신의 내면을 향하여 주문을 읽는 것이 중요하다.
*사심과 욕심을 버리고 참회하는 마음으로 좋은 글을 읽어야 한다.

[명상3]
1. 먼저 방석이나 쿠션 등을 둘로 접어 깔고 앉는다. 왼 다리를 약간 앞으로 뻗은 후 오른발을 들어 허벅지 위에 얹고, 다시 오른손으로 왼발을 들어 오른쪽 허벅지 위에 얹는다. 이때 몸을 약간 앞으로 기울여 양 무릎이 바닥에 닿도록

한다.

2. 오른손을 왼 다리 위에 얹고 왼쪽 손을 바른손 손바닥 위에 놓고서 양쪽 엄지의 손톱 끝이 맞닿게 한 다음 아랫배 쪽으로 끌어당긴다.

3. 이제 호흡을 하는데, 이때 가장 중요한 것은 자기 귀에도 들리지 않을 만큼 조용히 숨을 쉬고, 들이마시는 것의 약 2배 정도로 내쉬는 것을 길게 해야 한다는 것이다. 들숨 날숨을 할 때 하나, 둘, 셋 하고 숫자를 세어 길이를 조절 하면 이를 더욱 효과적으로 할 수 있다.

4. 또한 숨을 쉴 때는 단전에 직경 10cm 되는 공이 있다고 가정, 숨을 쉴 때마다 그 공이 부풀었다 오그라들었다 하는 것을 상상한다.

내 심신이 거하는 상태를 정확히 직시하면 심신에 대한 집착이 사라지고, 그 집착이 사라지면 몸의 불편함이나 탐내고 성내는 마음도 더불어 사라져 오로지 텅 빈 존재감으로 충만할 수 있다고 보기 때문이다.

위의 방법을 꾸준히 실천하고자 한다면 아침저녁으로 일정한 시간을 정해 놓고 하는 것이 좋다. 또한 되도록 공복에 하되, 사정이 여의치 않더라도 식후 1시간 이상 경과한 후 하는 것이 바람직하다. 몸이 편해야 하므로 꼭 끼는 옷은 피하고 시계나 안경, 양말, 장신구 등도 모두 벗어놓은 상태에서 해야 한다.

　배고프면 먹고 졸리면 잔다는 어느 선사의 말이 있다. 이는 바꿔 말하면 배고프지 않으면 먹지 않고 졸리지 않으면 자지 않는다는, 즉 늘 깨어 있어 무의식적인 행동이란 없음을 의미한다. 명상이란 바로 이런 것. 하지만 아무 노력 없이 그렇게 되는 것은 아니어서 위와 같은 방법으로 자신을 단련하는 게 필요한 것이다. 고요한 산사나 선방을 찾을 여유가 없다고 투덜거리는 대신, 하루에 10분씩만 자기 자신에게 시간을 할애해 보면, 그것만으로도 삶의 많은 부분이 달라짐을 분명 발견할 수 있을 것이다.

―일본의사 시게오―

아침의 명상

*사람이 무엇을 심든지 자신이 심은 것만큼 거둔다.

-탈무드-

싱그러운 아침을 열며 사랑하는 당신이 있기에
행복한 아침입니다.
내가 일할 수 있는 일터가 손길 가까이 있음에
감사의 아침입니다.
나에게 건강함을 주신 신께 감사한 아침입니다.

따스한 차 한 잔 할 수 있는 여유가 있는 시간이 있음에
행복한 아침입니다.
날마다 희망을 품고 도전할 수 있는 일상이기에
더 행복한 아침입니다.

아리랑의 깊은 뜻

한민족의 전통 민요인 아리랑은 우리 한민족의 애환이 담긴
노래이면서, 동시에 미래를 예언하는 노래이다. '아리랑 아리랑
아라리요, 아리랑 고개로 넘어간다, 나를 버리고 가시는 님은
십 리도 못 가서 발병 난다.' 네 소절 모두 10자로 구성된다.

본래 '아리(亞里)'는 '하늘나라 마을'이란 뜻이며, 또한 '아름다
운' '고운'의 뜻으로도 쓰이고, '크다.'라는 뜻으로도 쓰인다. '하
늘나라 마을처럼 아름답고 크다.' 라는 뜻이다. 한강의 원래 이
름도 아리수로 아리랑을 품고 있다. 즉 아름답고 큰물이다.

현대 한국어에서는 '아리(亞里)따운(아리+다운)'에서도 그 흔
적을 찾아볼 수 있다. 몽골에서도 '아리(亞里)'는 '성스럽다.' '깨
끗하다.' 라는 뜻으로 쓰인다.

겨울이 다시 온다면 봄은 어찌 멀었는가?

시는 악마의 술이다.　　　−아우구스티누스−

셀 리

오, 거센 서풍이여 너 가을의 산 숨결이여
너의 보이지 않는 존재로부터 죽은 잎사귀들은
마치 마법사에게 쫓기는 유령의 떼와 같으니,

누렇고 검고 창백하며 빨간
역병에 걸린 무리처럼 도망치는 것들이로구나.
오, 너 날리는 씨알들을 몰아내는 놈아
네가 그들을 캄캄한 겨울 이불 속에 몰아넣으면,
마침내 새 맑은 너의 봄누이가 찾아와
피리를 불어 파릇한 새싹을 대기 속에 떼 지어 먹일 때
꿈꾸던 대지의 들과 언덕은
생명의 빛과 향기로 넘쳐흐르는구나

무덤 속의 시체처럼
차가운 곳에 누워 있게 하는 오, 너 서풍이여

어디서나 움직이는 거센 정신이여
파괴자이면서 보존자여 오, 들어라
아 네 흐름 위에는 무서운 하늘의 동요 속에
쏟아지는 거친 구름들은 낙엽과도 같으니
너는 하늘과 바다의 얼크러진 가지로부터
흔들려 대지의 잎사귀처럼 흩어지누나.

형상 없는 네 큰 물결의 파란 표면에는
어느 맹렬한 미내드의 머리로부터 위로 나부끼는
빛나는 머리칼처럼,
지평선의 저 끝에서부터 높은 하늘의 천장에까지 치다아
디가오는 폭풍우의 머리칼같이 흐트러졌구나.

너, 죽어가는 해의 구슬픈 노래여,
어둠에 갇힌 밤은 천정을 이룬 거대한 묘지의 지붕이 될 것이며
네가 모은 증기의 모든 힘으로 이를 버티었구나,
그 응고된 대기로부터 검은 비, 번개, 우박이
쏟아지고야 말겠구나.

오, 들으라!
너는 푸른 지중해를 흔들어
바이아에만에 있는 경석의 섬 옆에서
수정 같은 조류의 사리에 잠시 들어

상상만 해도 감각이 기절할 만치

아름다운 푸른 이끼와 꽃들로 온통 뒤덮힌

옛 궁정과 탑들이

파도의 더욱 반짝이는 햇빛 속에서 떨고 있음을

꿈속에서 본 푸른 지중해를

그의 여름 꿈에서 깨운 너 서풍이여!

너의 진로를 위해 대서양의 잔잔한 세력들은

스스로를 찢어 틈을 내주고,

한편 훨씬 밑에선 바다 꽃들도 대양의 물기 없는 이파리를 가진

습기 찬 숲은 네 목소리를 알고,

갑자기 겁에 질려 창백하게 되어

온 몸을 떨며 잎을 떨어뜨린다.

오, 들르라!

내가 만일 낙엽이 되어 너를 탈 수 있었더라면

만일 내가 너와 같이 날을 수 있는 빠른 구름이라면

너의 힘 밑에서 헐떡이며

네 힘의 충동을 같이 할 수 있고

오, 통제할 수 없는 자여!

다만 너보다 덜 자유로운 파도라면

만일 내가 내 소년 시절과 같은 때라면

그래서 너의 하늘을 나는 속도를 앞지르는 것이 공상이

아니었던 그때처럼

하늘을 방랑하는 너의 친구가 될 수 있다면
나는 결코 이처럼 심한 괴로움 속에서 기도를 드리며
너와 겨누지는 않았으리라.

오, 나를 일으켜 다오. 파도처럼 잎새처럼 구름처럼!
나는 인생의 가시밭에 쓰러져 피를 흘리노라!

너와 같았던 그렇게 길들일 길 없는
날쌔고, 자존심 강한 나를
세월의 무거운 압박이 사슬로 묶고 굴복하게 했다
나를 너의 거문고로 만들어 다오. 바로 저 숲처럼.
내 잎새들이 숲의 잎새처럼 떨어지기로 무엇이냐

너의 힘찬 하모니의 소리에
나와 저 숲으로부터 슬프지만
감미로운 깊은 가을의 노래를 얻으리라,
거센 정신이여, 네가 나의 정신이 되라!
너는 내가 되라, 격렬한 자여!
내 죽은 사상을 온 우주에 뿌려다오.
새로운 생명을 재촉하는 시든 잎사귀처럼
그리고 부르는 이 시의 주문으로 흐트러 다오.
온 인류가운데 나의 말을
꺼지지 않는 화로의 재와 불꽃처럼!

내 입술을 빌어 이 잠 깨지 않은 대지에
예언의 나팔이 되어 다오!
오, 바람이여
겨울이 오면 봄이 어찌 멀 수 있으리오?

(If Winter comes, can spring be far behind?)
－서풍에 부치는 노래－

제9장_미래는 감동 시대

미
래
탈
무
드

제9장
미래는 감동 시대

식모에서 총장까지

아침에 기도로 하루를 열고, 저녁에 공부로 하루를 마쳐야 한다.
－탈무드－

　일제 식민시절 어느 꽃피던 봄날, 17세 소녀는 결혼해서 시집살이를 하다가 불행하게도 19세에 소녀과부가 되었다.

　참으로 운명도 기구했다. 동네 사람들이 그를 보면서 하나같이 애석해 했다.

　"어여쁜 소녀가 꽃이 피다 말았네."

　19살 소녀과부는 너무도 창피하고 기구한 운명에 기가 막혔다. 하루는 거울 앞에 앉아 자신의 긴 머리카락을 사정없이 잘라내 버렸다. 단발머리를 해가지고 서울로 무작정 상경하여 남의 집 식모살이를 했다. 그녀는 인간이 할 수 있는 최선을 다했다.

떡가루 같은 눈이 내리던 날, 그는 주인님에게 "나는 무슨 일이나 다 할 터이니 주일날에는 예배당에 가고, 공부를 할 수 있게 해 달라"고 애원해서 겨우 허락을 받았다. 영리한 소녀과부는 마침내 이화여자 보통학교를 우등생으로 졸업하였다. 일본에 건너가 갖은 고생을 하며 자신의 힘, 고학으로 대학을 마쳤다. 본국으로 건너와 당시 조선총독부 장학사가 되어 일하다가 해방과 함께 여성교육에 뜻이 있어 학교를 세우게 되니 숙명여자대학교다.

그가 바로 식모 즉 가정부에서 대학총장이 된 이 땅의 감동적인 인물 임숙○이다.

아줌마가 하나님의 부인

*좋은 일을 권한 사람은 좋은 일을 행한 사람보다 더 훌륭하다.

－탈무드－

몹시 추운 12월 어느 날 뉴욕시에서 있었던 일입니다. 열 살 정도 된 작은 소년이 브로드웨이 신발가게 앞에 서 있었습니다. 맨발인 소년은 치아를 부딪칠 정도로 심하게 떨면서 진열장을 들여다보고 있었습니다. 그 모습을 측은하게 지켜보던 한 부인이 소년에게 다가가 물었습니다.

"꼬마야 진열장 을 그렇게 뚫어져라 쳐다보는 이유라도 있는 거냐?" "저는 지금 하나님에게 신발 한 켤레만 달라고 기도하고 있는 중이예요" 부인은 소년의 손목을 잡고 가게 안으로 들어갔습니다. 부인은 우선 여섯 켤레의 양말을 주문하고 . 물이 담긴 세숫대야와 수건을 빌려서 가게 뒤편으로 소년을 데리고 갔습니다. 데리고 가서 앉히더니 무릎을 꿇고 소년의 발을 씻긴 뒤 수건으로 물기를 닦아 주었습니다.

부인은 점원이 가지고 온 양말 중에서 한 켤레를 소년의 발에 신겨 주었습니다. 소년의 차가운 발에 따뜻한 온기가 전해지는 순간이었습니다. 그리고 부인은 양말. 신발 등도 사주었습니다. 남은 신발과 양말은 도망가지 않도록 끈으로 묶어 소년의 손에

꼭 쥐어주면서 부인은 살짝 소년에게 웃음을 지어 보였습니다. 그런데 조금 뒤 그녀가 가던 길을 가기 위해 몸을 돌리는 순간, 소년이 부인의 손을 잡고는 얼굴을 가만히 쳐다보는 것이었습니다. 소년은 눈에 물기를 가득 머금고 물었습니다.

"아줌마가 하나님의 부인이에요?"

떡가루 같은 하얀 눈이 온 누리에 내리고 있었습니다.

－영국BBC－

민중의 지팡이

못된 일을 하지 말고 착한 일을 하여야 한다. 화평을 이루기까지 최선을 다해야 한다.

－탈무드－

어느 경찰관의 글이 감동적이라 간추려 본다.

그는 부산 영도 경찰서에서 경장으로 근무한다. 어느 날 새벽, 순찰을 도는데 중학생으로 보이는 아이가 초등학교 내 구석진 곳에서 불을 피우고 있었다. 분명 나쁜 짓을 벌이려고 저러는구나 싶어 '이래서야 앞으로 사람 구실하겠냐?'며 단단히 훈계하고 집으로 돌려보냈다.

얼마 뒤 주택가를 순찰하는데 그때 그 녀석이 어느 집 문을 살그머니 열고 들어가는 게 아닌가! 그는 직감으로 빈집털이라고 의심했다. 그런데 조심스럽게 살펴본 상황은 그의 예상을 무색하게 했다. 아이는 단칸방에서 병든 할머니와 자폐아 동생을 돌보는 소년 가장이었다. 새벽에 신문을 돌리는데 동생이 한번 깨면 쉽게 잠들지 않기 때문에 조용히 나와 밖에서 불을 쬐며 추위를 달랬던 것이다.

그는 며칠 전 험한 말을 퍼부은 자신이 부끄러웠다. 다음날 쌀과 라면을 몰래 놓고 나왔지만 돌아오는 발걸음이 가볍지만 않았다. 경찰로서 한 말들이 혹시 사람들 가슴에 지우지 못할 상처로 남은 것은 아닐까?

그 뒤 도시정비계획으로 단칸방은 헐렸고 녀석은 자취도 없이 사라졌다. 세월이 지난 어느 날 밖에서 야간 근무를 마치고 돌아오니 동료가 내게 상자를 하나 내밀었다. 고등학생쯤 돼 보이는 남학생이 주고 갔단다. 상자 안에는 엉성한 케이크와 쪽지가 들어 있었다.

"아저씨 고맙습니다. 저는 요즘 제빵 기술을 배웁니다. 나라를 위해 일하지는 못해도 꼭 필요한 사람이 되겠습니다."

유난히 춥던 겨울 새벽 그는 세상에서 가장 따뜻한 케이크를 앞에 두고 수없이 보람을 느끼고 감동했다고 한다.

-인터넷 어느 경찰관-

만델라의 미래 만들기

너는 나에게 돈을 빌려주지 않았지만, 난 너에게 돈을
빌려줄 것이다.

−탈무드−

전 세계의 존경을 받는 넬슨 만델라 전 남아프리카 공화국 대통령은 세계 지도자 중 감옥에 가장 오래 있었던 사람입니다. 무려 27년간 감옥생활을 했다고 합니다. 그가 출옥할 때 사람들은 만델라가 아주 허약한 상태로 나올 것으로 생각했습니다. 그런데 나이가 70세가 넘었는데도 불구하고 그는 아주 건강하고 씩씩한 모습으로 걸어 나왔습니다.

취재를 하러 나온 한 기자가 물었습니다. "다른 사람들은 5년만 감옥살이를 해도 건강을 잃어서 나오는데, 어떻게 27년 동안 감옥살이를 하고서도 이렇게 건강할 수 있습니까?"

그러자 그가 대답했습니다.
"나는 교도소에서 하나님께 늘 감사했습니다.
하늘을 보고 감사하고,
땅을 보고 감사하고,
물을 마시며 감사하고,
음식을 먹으며 감사하고,
강제노동을 할 때도 감사하고,

늘 감사했기 때문에 건강을 지킬 수 있었습니다."

그 후 만델라는 노벨 평화상을 받았고, 대통령에도 당선되었습니다. 감옥 밑바닥에서 감사가 일궈 낸 또 하나의 기적입니다. 감사하는 사람은 모든 위기 상황에서도 건강을 지켜 낼 뿐 아니라, 모든 일들을 지혜롭게 잘 극복하고 마침내 별과 같이 빛나는 인생이 됩니다.

-남아공 NK신문-

편지 – 하느님 전 상서

사람을 감동시키면 그게 천국의 세계이다.
-탈무드-

한신대 전 총장에 대한 감동적인 실화이다.

전남 해남에 집이 가난해서 중학교에 진학하지 못한 소년이 있었다. 소년은 머슴인 아버지를 따라 나무를 해오고 풀을 베는 일로 가난한 살림을 도왔다. 그런데 날이 갈수록 학교에 다니고 싶어졌다. 소년은 어릴 때부터 엄마와 같이 다니던 교회에 가서 학교에 가게 해 달라고 며칠씩 기도하다가 하느님께 편지 한 장을 썼다.

"하느님, 저는 공부를 하고 싶습니다. 굶어도 좋고 머슴살이를 해도 좋습니다. 제게 공부할 길을 열어주세요." 소년은 공부에 대한 자신의 열망과 가난한 집안 형편을 적었다. 편지봉투 앞면엔 '하느님 전 상서'라고 쓰고 뒷면엔 자기 이름을 써서 우체통에 넣었다.

소년의 편지를 발견한 집배원은 어디다 편지를 배달해야 할지 알 수 없었다. 고심 끝에 '하느님 전 상서라고 했으니 교회에 갖다 주어야겠다.'고 생각하고 해남읍내 교회 이XX 목사에게 전해주었다. 함석헌 선생의 제자인 이 목사는 당시 농촌 계몽운동에 앞장선 분으로 소년의 편지를 읽고 큰 감동을 받았다. 소년을 불러 교회에서 운영하는 보육원에 살게 하고 과수원 일을 돕게 하면서 중학교에 보내주었다.

소년은 열심히 공부해서 한신대에 진학했다. 졸업 후엔 고향에서 목회자로 일하다가 스위스 바젤대로 유학을 가 박사학위를 받고 모교의 교수가 되었다. 그리고 나중엔 총장까지 하게 되었는데 그 소년이 바로 오XX 전 한신대 총장이다.

오 총장의 이 일화에서 주목할 것은 진학의 길을 열어준 이 목사가 아니라 무명의 집배원이다. 수신인이 '하느님'인 편지를 교회에 전해 준 집배원이 오늘의 오 총장을 있게 했다고 생각된다. 만일 집배원이 "뭐 이런 편지가 다 있어. 장난을 쳐도 유분

수지" 하고 편지를 내동댕이쳐 버렸다면 소년의 인생은 달라졌을 것이다.

소년은 그렇게 편지를 쓴다고 해서 하나님이 읽을 것이라고는 생각하지 않았을 것이다. 공부에 대한 간절한 열망을 그렇게 나타내본 것일 뿐 그 편지로 인해 진학의 길이 열릴 것이라는 기대는 할 수 없었을 것이다. 그런데 소년에게 그 길이 열린 것이다. 그것은 집배원이 자기에게 주어진 우편배달의 역할과 직무에 충실했기 때문이다. 설령 그런 어처구니 없는 편지를 찢어 버렸다고 해도 아무도 나무라지 않았을 텐데 자기 역할에 최선을 다한 것이다. 그는 자기 역할에 충실함으로써 소년의 인생에 새로운 길을 열어 준 것이다. 이처럼 맡은 역할에 충실하다는 것은 한 사람의 인생을 바꿔 놓을 만큼 중요한 일이다.

오늘을 살아가는 우리에겐 각자 주어진 삶의 역할이 있다. 그 역할의 성실성에 의해 다른 사람의 삶이 변화되고 발전돼 나간다.

아프리카 '수단의 슈바이처' 이태석 신부가 내란과 가난으로 눈물이 말라 버린 톤즈의 아이들로 하여금 그토록 눈물을 흘리게 한 것도 신부와 의사로서 사랑과 봉사의 역할을 다했기 때문이다.

어디에선가 자기 역할에 최선을 다한다는 것, 그것은 남을 사랑하는 또 하나의 길이다.

—한신대학교—

10분의 축복

*오복은 오래 살고, 부자로 살고, 마음이 편하고 건강하게 살고,
 덕을 쌓고, 잘 죽는 것이다. *(壽福 富福 康寧 好德 終命)*

10분만 아침에 일찍 일어나십시오.
하루가 내 손 안에 들어옵니다.
10분만 먼저 출근하십시오. 업무와 인간관계의 스트레스가
확 날아갑니다.

10분만 음식을 씹어서 드십시오. 만병이 떨어져 나갈 것입니다.
10분만 먼저 약속 장소에 나가십시오.
주도적 능동적 관계를 맺게 됩니다.

10분만 화를 가라앉히고 생각한 후 말씀하십시오.
다툼이 화해로 바뀔 수 있지요.
10분만 하루를 돌아보고 잠자리에 드십시오.
새로운 삶이 열립니다.

10분만 사랑과 감사의 생각을 가지세요.
사랑과 보람된 삶이 펼쳐지게 됩니다.
10분만 더 걸으십시오. 건강이 새롭게 찾아옵니다.

탈무드의 인맥 관리 15

1. 남의 말을 경청하라.
2. 평소에 사람들에게 항상 친절해야 한다.
3. 네 식대는 네가 내고 남의 밥값도 가급적 네가 내라
4. '고맙다' '미안하다'를 많이 해라.
5. 남을 도와줄 때는 생색내지 말고 남몰래 도와줘라.
6. 어디서나 남의 흉을 보지 마라.
7. 남을 무시하지 말라.
8. 불필요한 논쟁을 하지 말라.
9. 평소 친구들에게 베풀어라.

친구, 탈무드는 친구다.

* 죽마고우(竹馬故友) : 함께 죽마를 타던 벗으로 어릴 때부터 아주 친했던 벗
* 관포지교(管鮑之交) : 관중과 포숙의 사귐. 즉 영원히 변치 않는 참된 친구
* 금란지계(金蘭之契) : 친구 사이의 굳은 우정을 이르는 말
* 막역지우(莫逆之友) : 서로 허물이 없을 만큼 친한 친구
* 금석지교(金石之交) : 금석처럼 굳은 교분. 서로 빛내 주는 친구

* 간담상교(肝膽相照) : 간과 쓸개를 서로 보여 주듯 서로 마음을 터놓고 사귀는 벗
* 교칠지교(膠漆之交) : 아교와 옻칠처럼 도저히 떨어질 수 없는 친구
* 문경지교(刎頸之交) : 서로 죽음을 함께할 수 있는 친한 벗
* 수어지교(水魚之交) : 매우 친밀하게 사귀어 떨어질 수 없는 친구

나의 탈무드 미래테크 F-Tech

미래란 무엇입니까?

행복한 표정으로 빛나는 봄과 젊은이들을 바라봅니다.

아름다운 별밤보다도 더 아름답고 반짝였습니다.

이제 미래를 말하렵니다.

학창 시절 공부를 마치고 진로를 고민할 때입니다.

당시 조국은 매우 가난한 후진국이었고, 학위가 있어도 일자리는 하늘의 별따기입니다.

고민을 하는 저에게 지도교수님은 나의 손을 꼭 잡으며 말씀하셨습니다.

"불안하지? 그러나 미래를 다시 생각해 봐. 도대체 미래란 무엇인가?

오늘을 노력하는 사람에게, 오늘의 땀을 흘리는 사람에게

미래는 불안의 대상이 아니고 '가능성의 보고'야. 어디에 있든 항상 땀을 흘리며

'가능성의 보고'를 잊지 말기 바란다."

그 말이 평생 나의 좌우명이 되었으며, 어려울 때는

물론 평상시에도 하루에 수십 번씩 중얼거립니다.

'가능성의 보고' '가능성의 보고'라고. 나의 탈무드였습니다. 신은 열 배로 주셨습니다.

그걸 미래테크 F-TECH라고 하였습니다.

살아오면서 그 무엇보다 큰 위로가 되었습니다.

여러분에게 해 줄 나의 말을 교수님이 하셨습니다. 행운을 빕니다.

미래
탈무드

초판 1쇄 인쇄 | 2022년 12월 22일
초판 1쇄 발행 | 2022년 12월 22일

지은이 | 서근석
펴낸이 | 안대현
펴낸곳 | 도서출판 풀잎
등 록 | 제2-4858호
주 소 | 서울시 중구 필동로 8길 61-16
전 화 | 02-2274-5445/6
팩 스 | 02-2268-3773

ISBN 979-11-85186-97-9 03800

• 이 도서의 국립중앙도서관 출판예정도서목록(CIP)은 서지정보유통지원시스템 홈페이지(http://seoji.nl.go.kr)와
  국가자료공동목록시스템(http://www.nl.go.kr/kolisnet)에서 이용하실 수 있습니다.